挑战
你的笑点
随时随地 玩转轻松

笑一笑 星星也会为你闪耀

钱兜兜 编选

中国言实出版社

目录

Contents

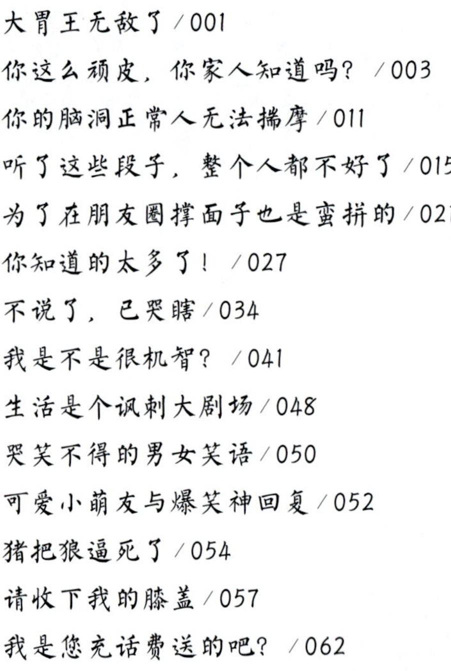

嗯哼~

100

大胃王无敌了

1. 我是一个很有原则的人。我的原则是，好吃的在哪里，我就在哪里！

2. 为什么每次和铁哥们儿去吃自助餐，当我们走的时候，迎宾小姐对我们说的都是“您慢走”，而对其他客人说的却是“欢迎您下次光临”呢？

3. 有人说这世上有三样东西是别人抢不走的：一是吃进胃里的食物，二是藏在心中的梦想，三是读进大脑的书。所以，做人最美好的样子是做一个有理想、好读书的吃货。

4. 作为一个吃货，学习不行，恋爱不行，长相不行，身材不行，经济实力不行，是什么支撑我活了这么多年？因为我始终坚信，只要活着就一定会遇到好吃的。

5. 我一个朋友准备周末去吃自助餐，饿了整整三天！饿得眼睛发绿。到了餐厅，老板看了看他，猛吸一口烟。“大兄弟，这是200块钱和一张优惠券，你给大哥一个面子，去对面那家吃吧。”

6. 对于一个吃货来说“没吃过”三个字代表了无尽的委屈，“肯定不好吃”

五个字成功掩饰了吃不起的尴尬。而一句简单的“你吃过么？”则表达出了内心无限的向往。

7. 作为吃货，我坚信，没啥是不能吃的。今天吃了两斤巴豆，终于懂得了什么叫作真稀（珍惜）。

8.A：关羽过五关斩六将，是哪六个？

吃货：豆瓣酱，甜面酱，辣椒酱，鱼子酱，番茄酱，虾酱。

你这么顽皮，你家人知道吗？

原来我是老师

首次进大学课堂，我有些兴奋。看着窗外，我想起了高三时的艰苦生活，真不知道我是怎么熬过来的。等我回过神来，发现大家都以异样的眼神盯着我，我慌忙检查自己的衣着，没什么不妥啊。这时一个同学才提醒我说："老师，你怎么还上不上课！"

那真不是尿不湿

本人妹子，家里有个 7 岁的小堂妹，某天全家人在吃早饭，堂妹不肯自己吃，要她妈妈喂，她妈妈便说："你都这么大了还要妈妈喂饭啊，羞不羞！"妹妹立马接一句："那你都那么大了还用小孩的尿不湿。"

奶奶，您一直这么夸人吗？

隔壁老奶奶今年104岁了！大年初一去给奶奶磕头，本人身高180体重180，奶奶说："这孩子这体格，要是在以前生产队挣公分，顶半拉好毛驴子使！"

说好的天真可爱呢？

本人幼师妹子一枚，班里一小男生送了个发卡给他喜欢的女孩儿。然后小男生说："老师老师，溪溪的发卡好看吗？是我送给她的！"我说："好看呀，你怎么不送老师呢？我也想要呢！"小男生："那……等你长她那么好看的时候再说吧！"

室友的鬼脸

大学时宿舍有老鼠，一天一只老鼠大摇大摆在宿舍逛了一圈，哥几个忙着游戏没人搭理它，它华丽丽地爬上窗台，一胖子哥们儿看不下去了，跟它做了个鬼脸，老鼠兄弟露出惊悚的表情，然后……然后掉下去了！

爹不见了

一辆中巴车开到村口，一中年男子对他的哥哥说爹不见了，他们慌忙低着头在座位底下寻找，司机问："找爹就找爹，干吗在座位下面找？""装着我爹骨灰盒那个包被小偷偷了。"中年男子说。

我人缘可好了

昨天在街上一个人溜达，忽然跑来一个小毛孩，目测十一二岁，手里拿着几朵玫瑰花。对我说：“姐，买朵玫瑰花呗。”我说：“姐没男朋友，送给谁呢？”那屁孩子说：“姐，你先买，买了我给你介绍个男朋友，我人缘可好了。”

宝贝，你怎么了？

昨天情人节，我和女友去宾馆过节。

看了一会儿视频直奔主题，一阵前奏之后，我是相当兴奋，待最关键的时刻，突然听见一个声音：嗤……

宝贝！你怎么了？！

你做了什么事

开完家长会回来，妈妈很生气地质问小明：“小明，你做了什么事，让老师这么生气。”

小明：“没什么，小红的钢笔掉在讲桌前，我去帮她捡时，老师的裙子挡住了我的眼睛，我就随手一掀。”

不说了，找新女朋友中

我的女友是一二货。一天，我做错事了，女友张口便是一句：“你脑袋里装屎了啊！”本人顺口回了句：“我脑袋里全是你啊，宝贝儿！”

老婆，你太机智了

带着媳妇去玩真人密室逃脱，第一关要求破解重重机关到笼子里拿到钥匙，然后才能打开第二关的门，结果媳妇直接用棍子把钥匙挑了过来……

出了门看到老板一脸黑线……

喝水忘张嘴了

女友平时就是个迷糊虫，有一次拿杯子喝水，然后我就看到整杯水全洒她身上了！我问她咋了，她淡定地说：“没事儿，喝水忘张嘴了……”

他们都是骗子

八年前的今天，有小伙儿约我出去。老爸老妈都不让，说他们都是骗子。八年后的今天，你们家姑娘连骗都没人来骗了。

你这么顽皮，你家人知道吗？

从南广场回家，碰见一大爷，说自己不记得路了，想借我电话给家人打电话，让家人接，我二话不说帮老人打电话。

可大爷拿起电话，第一句话就是：“××，我是你爷爷，这个电话你记一下，这是我帮你选的女朋友。”

愣的我差点儿手机都忘记拿回来了。

要不要说得这么惨?

一个妹子手机登陆QQ爱隐身。就刚刚，大学同学(女)QQ发来信息：“出来吧，别藏着了。”妹子回：“你怎么知道我在？”同学：“咱俩一样，除了玩玩手机还能玩什么？”

要不要说得这么惨？单身女汉子伤不起啊。

吓死老娘了

今天在医院，手术室，做手术前都要病人家属进去看一下。护士叫家属，一个家属进去了，是个女的，出来很生气。原来护士叫错了，那家属的原话是：“吓死老娘了，胳膊骨折怎么心脏做手术了！”

没猜到结局

一美女去买衣服，美女问男老板：“请问这件衣服多少钱？”男老板色眯眯地说：“我们这里消费不要钱，只要一件衣服一个吻就可以了。”美女听后，很高兴地挑选了很多件衣服。结账时，美女指了指旁边，对男老板说：“我奶奶付款。”

真的没白疼啊

上小学的表侄子打架，老师让他叫家长来，他怕挨打，就叫我去了。那老师是个刚毕业的小姑娘，特可爱，聊了一下午，特别投缘。然后一出学校我

就带侄子去吃必胜客了，他也特别上道，我还没开口，他就一边狼吞虎咽一边说："表叔你放心，以后你一有空，我就和同学打一架。"

这下糗大了

今天在学校开小组会议，突然意外地打了个喷嚏，抬起头的时候发现鼻涕飙到前面女生的后背上了，该女并没有觉察。我于是偷偷地想帮她抹掉，刚把手伸上去，旁边的女生发现了，大叫："你这人怎么把鼻涕抹人家身上啊！"

怎么引起的?

老公：医生说我得了关节炎！

老婆：你问没问是怎么引起的?

老公：这还用问？还不是你天天让我跪搓板跪的！

到底怎么死的

小王："你知道吗？听说老陈死了！"

小郑："不会吧？前几天我还见过他，活泼乱跳的怎么说死就死了？"

小王："就是，不过我听说他死前喝了好多酒。"

小郑："醉死的！唉！老陈这家伙就好这个，想不到竟然因为这个而死！"

小王："谁说他是喝多醉死的，据说他是死在自己的车里。"

小郑："酒后驾车！我就曾经说过，老陈这家伙老是喜欢酒后开车，我都说了他好几次了，你看，出车祸了吧！"

小王："他的车完好无损。"

小郑："啊！那他到底是怎么死的？"

小王："那天他喝完酒回家正好碰上大塞车，足足塞了三小时。"

小郑："这好像跟他的死没关系吧！"

小王："怎么没关系，他是让尿给活活憋死的！"

小郑："我的天……"

臭名远洋（扬）

屎壳郎与蜗牛是昔日的同窗，蜗牛留洋镀了金身归来后，名气大涨。

屎壳郎可怜兮兮地求蜗牛："老同学，你带我也去留留洋，镀镀金呗。"

蜗牛说："你想臭名远洋（扬）啊？"

卸妆

梳子对镜子说："你真好，每天不用干什么，哪像我每天很累。"镜子说："你是不知道我的苦啊，女主人每晚卸妆的时候，我就祈祷时间快点过去。"

不公平

单位发年终奖金，某人对奖金分配很不满意，他认为十分不公平。领导说："我们把大家的奖金都拿来买烟花放，大家都能欣赏到，这样公平吧？"他说："我耳失聪，眼昏花，这样一来对我更不公平。"

公交上的小偷

公交人员：乘客反映，5 路公交车上春天夏天秋天小偷很猖獗，而冬天就好一些！公交领导：那是因为冬天天冷，小偷冻得都伸不出手来！

爽歪歪

有一天，我与朋友在街上走着，突然，我踩到了一块香蕉皮上，摔了个人仰马翻。朋友赶忙扶起我，然后很严肃地对我讲："我现在的心情可以用一种饮料的名字来形容。""什么呀？"我说，朋友突然大笑起来，说："爽歪歪。"

你的脑洞正常人无法揣摩

1. 有个片警，喜欢上一女孩。但是不敢表白，同事知道后决定帮他走出第一步。他们把他拉到路口去等，女孩出现了。他鼓起勇气拦住了女孩大声喊道：“小姐，请你跟我到派出所走一趟。”

2. 小明很喜欢吃素包子，一天去买包子的时候发现涨价了，就问老板：“怎么涨价了？”老板说：“因为肉价涨了。”小明就问：“肉涨价，素包子为什么要涨价啊？”老板哈哈大笑：“做包子的大师傅他要吃肉啊！”

3. 一个心理学教授对会议主持人说：“如果你想让到会的妇女们一下子安静下来，只要向她们提出一个问题：‘女士们，你们当中哪个年纪最大？’会场里马上便会变得鸦雀无声。”

4. 女出纳：“主管，这么晚去提款我害怕……”

主管：“没办法，这笔资金有点儿急。”

女出纳：“万一有歹徒劫色怎么办？”

主管：“你拿手电筒去。”

女出纳：“这个有什么用？”

主管：“遇到了歹徒，你照一下自己的脸。”

5. 每次老婆和老公吵架后，老婆就跑到厕所待半天！这样的次数多了，老公就不得不问老婆：“在厕所干吗呢？”老婆说：“刷马桶！”老公问：“刷马桶能解气吗？”老婆说：“不知道，反正用的都是你的牙刷。”

6. 昨天因为我做了一件错事，引得老婆非常伤心痛哭流涕，我束手无策啊……不是不会哄老婆，是因为我自己都觉得自己的错误太严重，很伤感。但4岁的女儿突然说了一句话我们都笑疯了：“妈妈，你别哭了，老公还不是你自己找的，怪谁啊？”

7. 一位顾客准备在一家瑞士银行里开户。工作人员问道：“您准备存多少？”顾客环顾四周，小声说道：“500万美元。”工作人员答道：“先生，您完全可以大声说。在瑞士，贫穷不是过错……”

8. 暗恋班上一练散打的帅哥，怎么暗示都不明白。某天鼓起勇气，把“××月××日晚××时，操场第三棵树下，不见不散”的字条夹在他课本里。羞涩的我没署名。那天，我很飘逸地等在树下。那帅哥来了，身后还跟一群人影。月光皎洁，那帅哥看到树下的人影，大喝：“是你下的挑战书？！”

9. 男女同事相邀开车出外郊游，车到一僻静处，两人相拥狂吻，突然一公路巡警咚咚敲开窗户，问男：这车是你的吗？男答：单位的。再问：她是什么人？男答：也是单位的。巡警听后自言自语道，狗日的，啥单位福利这么好？我们单位只晓得发粽子。

10. 白娘子问许仙：“你为何对我如此情深？”

许仙说：“青青的一个吻，已经打动我的心……嗯，好像哪里不对哦？”

11. 皇阿玛最讨厌什么？答：寒暑假。因为每到寒暑假，他就必须被人问一次还记不记得大明湖畔的夏雨荷。

12. 一股超强台风在海上形成，所到之处无不狂风暴雨遮天蔽日。这数吨海水裹挟着鱼虾贝石，宛若一头面目狰狞的怪兽，呼啸着向陆地扑来。到了岸边，眼见那台风踌躇不前，尝试了几次，却又屡屡退返海面。这时，只听得风眼中传出一句："呀！忘记密码了！"

13. "老公，我不想让别人看到我的双下巴，又不想减肥，怎么办？"

"那你只能留胡子了！"

14.A："我认为酒里一定含有女性激素。"

B："什么？"

A："喝酒使男人增重、说些无意义的话、变得易激动、毫无原因地进入争斗。"

15. 校园边上开了家烧烤摊，于是常听到这样的对话："老板，我的肉好了吗？"老板边忙边说："别急，正烤着呢。"

16. 朋友问："听说你度假去了，在哪里度的假？"

另一人回答："一天待在山谷里，3 周住在医院里。"

17. 程序员去小店买吃的。

开口第一句："师傅，你们这儿支持菜票吗？"

师傅："我们这里钞票和菜票都兼容。"

18. "歌星唱歌的时候，为什么一只手戴手套，另一只手不戴手套呢？"

"这才是真正的'露一手'。"

19. 去女友家玩，和她爸爸一起吃饭。屋子里就我们三人。电视里正放着一个长得很猥琐的老男人，女友开玩笑说："长得真像你爸！"我正吃饭头也没抬："像你爸！"

20. "事到如今我真后悔当初没听我妈的话。"

"你妈说什么了？"

“不是给你说了我没听么。”

21.“用 Google 浏览器的女人都贤惠持家。”

“何以见得？”

“Google 浏览器不支持网银。”

22. 体育课，俩人翻墙出校门，跨在墙头的时候保安来了，俩人吓得掉到墙那边去了。然后只听“哎哟”一声，大概是一个人脚崴了。就听见墙那头“哎哟”的那个人大喊：“别管我，快去网吧抢机子！”

23. 有一天下课时间，小琳在座位上哭。

小莉：“你为什么在哭？”

小琳：“他们笑我的腿是萝卜腿。”

小莉：“胡说，哪有萝卜又黑又粗的。”

小花哭晕。

24.A：“你的理想是什么？”

B：“我羡慕君子这个称号，君子动口不动手，过着‘衣来伸手，饭来张口’的生活。我没有那么好的命，退而求其次，就做一个梁上君子吧。”

A：“小偷啊？！”

25. 和一哥们儿逛街，在公交车站上发现差五毛钱。看到旁边有一乞丐，这哥们儿过去拿了人家五毛钱说：“反正你天天在这儿，先借我五毛，明儿还你。”乞丐微笑着点了点头……

26. 女友过生日，一帅哥花了一大笔银子买了个 QQ 号码送到给女朋友，号码是 1314520，代表“一生一世我爱你”。买回来后，却怎么都登陆不上，提示密码错误。帅哥仔细一看，原来那号码是 1314250。

听了这些段子，整个人都不好了

这就是你的最高追求吗？

老师：“你来说说你的理想是什么？”

小学生：“吃得好，穿得好，过得好。”

老师：“你的理想能不能更高些？”

小学生：“吃得更好，穿得更好，过得更好。”

好机智的妈妈

我们这里有个小孩 14 岁就不去读书了，怎么劝他都没用。

最后他妈没辙了，就说：“我允许你现在不读书，你以后要是逼你儿子读书你看我不弄死你啊！”

P得亲老公都认不出来了

昨天下载的陌陌，刚会玩，发现一个美女离我10米，赶紧加上并打个招呼："美女，这么近以前咋没见过呢？我是你邻家大哥哥。"没一会儿，老婆拿着手机进屋一巴掌甩我脸上……我当时蒙了。后来仔细看才发现原来老婆把照片美化了，我没看出来……

论断句的重要性

女朋友出差在外，发了一条短信问候我："我不在你身边的时候，你还好吗？"我回复道："没有你在的时候好。"

发送完毕后，我又仔细读了一遍，感觉今年我可能又要一个人过情人节了。

我不想再做小猪了

5岁的侄子哭着脸跟我说："叔叔，爸爸妈妈天天跟别人说我属猪的，我都属了5年的猪了，我不想再做小猪了，我什么时候才能不属猪啊？我想属大老虎，多威风啊！"

你看看你都多黑了

不知道为啥，今天老妈怎么这么大方，让我用牛奶洗脸，奢侈啦！结果，老妈毫不犹豫说："过期了，你不用更白瞎，再说你看看你都多黑了。省着点用，没几袋。”

老妈，你真是勤俭持家呀！亲妈！

猪颌骨是不是这里？

二货媳妇，一次在图书馆看到“猪颌骨”一词，就摸着自己的下巴问我：“猪颌骨是不是这里？”

看着她那认真的样子，我只好指着她的下巴说：“对，就是这里。”事后果断挨揍！

大爷你观察得真仔细呀

早上去公园里锻炼身体，刚做了一组高抬腿，旁边一个仙风道骨的白须老人对我说：“小伙子，夫妻生活不和睦吧？”

我听完倒头就拜：“大师您难道会看姻缘！”

老人不好意思地笑了：“不，只是刚才你裤门没拉，被我看到了。”

我这样做对吗？

超市排队结账，忽然一女的插队到我前面，我拍了拍她的肩膀说：“是你啊？”

她转过头来，一脸茫然地看着我说：“我不认识你啊。”我一下把她从队伍里推了出去，说：“你还知道你不认识我啊？！”

说好的扫雷呢？

和大学室友约好一起通宵玩 LOL，一起来坑一坑。为了良好地操作，他 50 元包了配备精良、服务周到的高端上档次的机子。结果那晚 LOL 维护，他玩了一夜“愤怒的小鸟”！

尿桶捞手机

儿子一岁半，晚上睡不着，玩我手机，我给他打开音乐，锁屏。儿子鼓捣半天屏幕上什么也没有，一抬手扔下去……下去，正好扔他尿桶里，我秒速跳下床，捞上来，开盖，卸电池……传说中的尿桶捞手机发生在我身上了！

凑合过个情人节

刚才我哥打来电话，让我今天把他小姨子约出来看电影。他说，反正你俩都是单身，凑合过个情人节！我只想说，真是亲哥呀！不说了，赶快打电话……

嫁了根木头

今天是结婚两周年纪念日，我在家，老公去上班了，突然想发个肉麻短信给老公：“两周年了，谢谢你，我爱你……”本想赚回点浪漫，结果那二货

就给我回了俩字：同上！

我是嫁了根木头吧……

以后上语文课你要倒霉了！

记得读小学的时候，我们的语文老师，让一哥们儿用“即使……要”造句，这哥们儿支支吾吾半天说不出来，语文老师就说：“这个都不会，那你就陪我站一节课吧。”

这哥们儿不乐意了，说：“我会。”语文老师说：“那你造一个。”这哥们儿大声说了一句：“老头拾粪，鸡屎也要……”

这雨咋这么咸啊！

某年夏天去邻居家串门。邻居那个还穿开裆裤的小孙子正在睡午觉。大家正边看电视边聊天的时候，那小子尿床了。只见一泡童子尿在空中画出一道抛物线后华丽丽地淋在了他自己脸上。然后这货醒了，坐起来抹了把脸来了句：“屋里还下雨了？”

真是个聪明的孩子！

妄图教刚满俩月的儿子叫“爸爸”，经过了几百次的耐心示范，他现在终于能及时而清晰地回应说“哎”！

大哥，你是多想给自己惊喜啊

我刚刚在银行自助区看到一男的。50 岁左右，把银行卡插进 ATM 机，输入密码，按了余额查询后突然用两手捂住 ATM 机屏幕。感觉足足捂了有一分钟，我正奇怪他想干什么，只见他两眼紧盯屏幕，慢慢……慢慢地……一点点……一点点地移开两手，突然大叫一声："耶！工资到账了哎。"

大哥，你是多想给自己惊喜啊。

不能让我的屁没有妈妈

有个朋友，每次放屁必定要弄出巨大的声音，然后配一句"是我放的"。她是这样骄傲解释的："我不能让我的屁没有妈妈。"

我没摸她，真的没摸……

我在冬天特容易产生静电。一次坐公交，人多，站着挤着，手自然而然地握住扶手，一阵静电，一声尖叫，好多人看过来。旁边的姑娘脸红了不说话，咱只有鼓起勇气说："我没摸她，是电到了。"

为了在朋友圈撑面子也是蛮拼的

真是朗朗上口啊

大河向东流啊，天下的情侣都分手啊，哎嘿哎嘿让你秀啊，过完元宵都分手啊，路见不平一声吼啊，不分手就泼汽油啊，点火烧着没人救哇，嘿嘿没人救啊，嘿嘿没人救啊，嗨呀，咦儿呀，秀恩爱的都分手呀，嗨呀，咦儿呀，你说这得多大仇哇，路见不平一声吼啊，不分手就泼汽油啊，点火烧着没有救哇！

为了在朋友圈撑面子也是蛮拼的

今儿在超市看一美女拿了盒德芙巧克力，心想着这美女估计是想给自己过节了吧。谁知美女掏出手机，对着巧克力“咔嚓”一声，拍完照又放回去了！

猜不到的结局

今天是情人节，去年的这个时候你和我分开，好久没回过信息，电话也一直占线。我去你住的地方找过你，门上贴着“此房出租”，我透过窗户看到泛黄的墙上曾经挂着合影的地方留下了巨大的空白，就像我的心被掏空再无法填补。你给我写的字，我一直珍惜着，我会一直找你，你有本事借钱，没本事还钱啊!

现在跪方便面弱爆了

现在跪方便面弱爆了，我老婆叫我跪蚂蚁，不许把蚂蚁跪死了，不许把蚂蚁跪跑了……

看来也不是什么坏事

我女友买衣服的审美品位很差，她觉得好看的衣服，其实都挺丑的。因为这个事儿，我是操碎了心，磨破了嘴，最后我也想开了：“如果她品位很高的话，也不会看上我啊！”

现在家长取名也太随便了吧

大学毕业后就留校任职了，一次开学新生来报到。我在登记新生姓名的时候，问到一妹子。

我："你叫什么名字？"

妹子："向朵花。"

我："啥？像朵花？"

妹子："是啊，我的龙凤胎哥哥叫向棵树！"

我的天，这家长取名也太厉害了！

千万不要放弃治疗

刚才去楼下买水，刚掏出五块钱，一阵风刮跑了，到处找没找到。于是我很淡定地又掏出五块钱，故意扔掉，看看风往哪里刮……于是我丢了十块钱……

好机智的表哥

今天是情人节了，我很着急啊！我就问我表哥："情人节没有情人怎么办？"表哥很无语地回复我："清明节家里没死人难道还得弄死几个？"

看来你男朋友很会过日子啊！

早上，我：你知道今天是什么日子吗？

他：情人节 + 元宵节啊。

我：那你准备送我什么礼物呢？

他：99 朵玫瑰好不好？

我：太棒了！

他：去超市给你称点儿。

我：超市？

他：干的太难数了，过完节你还可以泡茶喝，美容养颜！

我：喝你妹啊！

老板，来一份西红柿炒鸡蛋

“老板，来一份西红柿炒鸡蛋。”五分钟后端上来，发现没鸡蛋：“怎么只有西红柿没鸡蛋？”“鸡蛋没吵过西红柿，气跑了……”

你看到了开头，但永远猜不到结局

2014年索契冬奥会短道速滑女子500米决赛，孤军奋战的李坚柔收获“大礼”，决赛三名竞争对手全部摔倒，她以45秒263夺冠。这告诉我们：有些事情，你看到了开头，但永远猜不到结局……

现在的孩子太……太淘气了

在邻居家玩，他儿子正在看《西游记》，我就过去跟他儿子一起看。

他儿子说：“叔叔，你可以叫我声孙悟空吗？”

我说：“为什么？”

他说：“叫了就知道了。”

我就叫了一声“孙悟空”，那小子直接来了句：“爷爷在此！”我当时就囧啦！

40块钱都在这儿了!

有一对男女正在吃晚餐，那个女生一直问那个男生：你爱不爱我?

男生看了女生一眼又继续吃。

女生很生气又再问了一次：你爱不爱我?

男生终于说：爱!

女生又问：那你要怎么证明?

忽然男生从口袋里拿了30元出来，且问女生：你有没有10元?

女生拿了10元给了男生……

男生就把40元放在桌上，过了一会儿……

女生很生气地问男生：你到底要不要证明你爱我啊!

男生说：我已经证明了啊！ 40（事实）摆在眼前!

我要把你拌了

公交上每天早上都有一档风格奇葩的广播节目，就在刚才，主持人说情人节该对对方说什么，才会令对方感动呢，女主持说："你是我的调料。"男主持说："到底应该是你是我的调料还是我是你的调料呢，对了！我是你的调料，我要把你拌（办）了。"

和二货男友去医院体检

和二货男友去医院体检，他的尿检结果显示红细胞偏高，医生拿着结果

说：“不要太劳累，不要熬夜。”二货男友马上接了一句：“是不是以后不能洗碗、拖地、做家务啦？”

猜不到的结局

飞鸟毛毯厂临时工张某与外地务工人员陈某、河南籍无业青年刘某在网吧结识。2 月 12 日晚，张某约陈某、刘某到自己的出租房喝酒。其间，刘某感慨“富人太多”，张某表示“不如搞点钱花”，陈某随即响应。于是三人来到刘某的暂住地准备工具。后来，× × 路监控探头显示，凌晨 5 时 26 分许，他们的早点摊儿支起来了。

真是丧心病狂

我的一个男性朋友给我发微信：我累了，以后咱们减少联系吧。

我：大哥，我都快一年没跟你说过话了吧？

对方：那就好，我是他太太，我正在挨个筛查……

你知道的太多了！

1. 儿子把家里一角、五角的零钱都收到他的储钱罐里，他还经常把钱拿出来数，那天他又在数那些零钱，爸爸跟他开玩笑说："就那点零钱，还总捋过来捋过去的。"儿子说："你知道啥，我这是理财呢！"

2. 李秀才家徒四壁，四壁还是四块烂墙。有一天晚上，小偷到李秀才家去"做客"。他忙了半天也没有找到一样东西，于是忍不住骂道："想不到遇上一个死穷鬼，家里连屁也没一个！"李秀才一听，乐了，马上接嘴道："哪里哪里，我这满肚子诗文，是你没找到。'屁'也是有一个的，你拿去当明天的早饭吧！"

3. 黑蚂蚁与黄蚂蚁在公路上爬行，黑蚂蚁很快追到了前面的黄蚂蚁。

黑蚂蚁说："蚂蚁老弟，你是拉黄包车的吗？"

黄蚂蚁说："小样，那你说说你这是什么车？"

黑蚂蚁说："我这可是黑色奔驰车，加长的那种。"

没多久，一条蛇呼啸而过。黄蚂蚁说："你神气什么，你看到了吗？那是磁悬浮列车。"

4. 小气鬼家来了客人，他说："你想吃点什么菜？"客人说："简单点吧，弄个西红柿炒鸡蛋，再随便弄个汤就行了。"吃饭时他端上一盘西红柿炒鸡蛋。客人见一个菜，连个汤也没，就不好意思吃，结果菜还剩下了，客人说："你看多浪费，挺不好意思的。"小气鬼说："没关系，等下我把剩下的拿去煮西红柿蛋汤给你喝。"

5. 唐僧一行人终于到达大雷音寺，历经千百岁月，佛祖和唐僧相见了。

佛祖："金蝉子，为师终于等到你来了，这些年过得可好？"

唐僧："还行吧，只是日夜想念着师父。"

佛祖："唉，如今看着为师，有什么想对为师说的吗？"

唐僧："当然有，师父，你减肥又失败了吧？"

6. 女：三八节你怎么没有送花给我呢？

男：对不起，我忘了，接下来无论是什么节，我一定送花给你！

女：（翻了一下日历）我还是送花给你吧。

男：咋了？怎么这么生气？

女：下个节日是清明节！

7. 同事劝她："你看你，又年轻又漂亮，还怕没有小伙子追？干吗一定要死缠着老板不放？"

美女撇撇嘴，道："你懂啥，不想做老板娘的女员工，不是好员工！"

8. "大姐，快跑，坏人快追上来了。"小水仙花大叫。大水仙花真的跑不动了，无奈道："妹妹，我们还是把花扔掉，蹲在地上装蒜好了！"

9. 兔子：我的城堡需要扩建，所以你们都得搬迁。

蜗牛二话不说，背起房子就走。

蜜蜂说：我的房子在树上，对你没影响。

刺猬可不买账，舒展了一下筋骨，道：我是钉子户，我怕谁？

10. 螳螂问："大战在即，你们都有什么武器？"

臭鼬："我的猪猪乾坤屁能熏着敌人。"

黄蜂："我有七星透骨针，功力好比十香软筋散。"

螳螂嘲讽："雕虫小计。"遂伸出了自己的前肢，说，"瞧瞧我手上，左倚天，右屠龙。"

11. 妈妈：阿呆，你的作文怎么得了 0 分？

阿呆：老师说内容跑题跑得一塌糊涂。

妈妈：你写的时候没发现吗？

阿呆：发现了。

妈妈：那你为什么还一个劲儿地往下写？

阿呆：因为作文题目叫"贵在坚持"。

12. 阿呆：老师，我的作文怎么是 0 分？

老师：因为你压根没动笔。

阿呆：我平时标题都没写，你还给 5 分，怎么这次就 0 分了？

老师：哦，你把标题'贵在坚持'写成'跪在坚持'了，所以只能给你 0 分了。

13. 跑得满头大汗的老婆从跑步机上走下来，称了一下称，对老公讲："嗐，怎么还是瘦不下来？"正在看电视股评的老公说："嗐，看来投资股票真是要有专注长线的思想！"老婆感觉老公心不在焉，不满地问："股票又亏了吧？我早就说过你换仓太频繁了！"老公深有感触："是啊，我短线投资的股票都在亏，只有持有时间最长的你还在涨……"

14. 物理课上，老师讲右手螺旋定则判断通电导线的磁场。老师说："同

学们，伸出你的右手，握住通电导线，大拇指指向电流的方向……”这时，一个同学说：“老师，我不敢。”老师问：“为什么？”同学说：“我怕，怕被电着。”

15. 人生如戏，婚姻如麻将。

有缘千里来相会，一见钟情——天和；

自由恋爱——凑一台牌角；

娃娃亲——地和；

媒妁之言——屁和；

两人离婚——炸和；

恋爱——整牌；

婚外情，勾引别人老公——抢杠；

和情人生个娃——杠上开花；

单相思——单吊；

自己解决——自摸；

生的都是女孩——清一色；

生的都是男孩——一条龙；

有男有女——混一色；

不能生育的——白板；

两人斗嘴——对对碰；

两人喜结连理——对子和；

生个女孩——筒子；

生个男孩——条子；

生很多小孩——万子；

吵架——杠；

结婚——和；

洞房——碰；

找到金龟婿——吊金龟；

倒插门——硬甃五；

狐狸精——幺鸡；

找到大款——发（财）；

找到意中人——中；

找不到意中人——南（难）；

包二奶——包牌；

找十三个情人——十三幺（妖）；

前任丈夫——多一张，当大相公；

后任丈夫——少一张，小相公；

偷情——偷牌；

女人出轨——出老千。

16. 什么人得什么病：

甜言蜜语的易得低血糖，那是因为甜言蜜语说得太多，缺糖。

羡慕、嫉妒、恨的得红眼病，别人比自己好，难受。

废话连篇易得口腔溃疡，是因为说得太多，缺水。

说谎话的易得心脏病，那是因为内心恐惧，担心谎言暴露。

贪官易得饥饿症，总感觉吃不饱，贪得无厌。

游手好闲的人得胃病，那是因为吃饱了撑的，消化不良。

反应太慢的人易得结石病，全是给堵的，死脑筋。

太实在的人易得缺心眼，那是因为心眼太实，都堵上了。

当领导的易得糖尿病，那是因为喜欢听好话，甜言蜜语听得太多了。

17. 群众：他上班时间经常斗地主。

领导：说明政治觉悟高，阶级斗争要常讲。

群众：她天天种菜。

领导：说明她热爱劳动，劳动最光荣。

群众：他最会偷懒。

领导：说明他会休息，会休息就会工作。

群众：她一到吃饭时间，总是第一个。

领导：民以食为天嘛！

群众：他见人说人话，见鬼说鬼话。

领导：说明他懂得随机应变。

群众：他最爱打小报告。

领导：说明他能及时反映问题。

群众：他不干活，就会指手画脚。

领导：说明他说的比干的好。

群众：他就会吹牛皮，说大话。

领导：说明他能说会道。

群众：他天天煲电话粥。

领导：说明他很注意沟通嘛，有沟通工作才有效率。

18. 中午去医院做胃镜。“没吃早饭吧？”护士关切地问。“没，您吩咐的，我哪儿敢吃早饭，就连昨天的晚饭都没吃！”病人坚定地说，“就刚刚吃了点儿午饭！”

19. 二胖很喜欢去名牌服装店逛。

小伝问：你喜欢做什么？

二胖说：逛名牌服装店。

小伝问：你最痛苦的事是什么？

二胖说：试穿了许多衣服，可没有一件合身。

小伝问：最郁闷的是什么？

二胖说：合身的衣服终于有了，可我没钱买。

小伝问：你人生最快乐的事是什么？

二胖说：我有钱了，我只试穿，偏不买。

20. 司机：兄弟，我平时没亏待你，你干吗把我抓了？不是说好的，每次过一趟就给你五百块吗？

警察：对不起，兄弟，昨天的通知，上级说抓到一个严重超载的奖六百。

不说了，已哭瞎

男友的家产

男友说看到别人二十几岁就家产过亿，十亿，几十亿。而自己只有五百万，还是像素……

这也太吓人了

小时候放学回家的路很黑，我总是特别害怕。这一天，正好有个姐姐骑着自行车慢悠悠地从我身边过，我瞬间觉得抓住了希望，噌噌地跟着姐姐的自行车跑，姐姐越骑越快。我怕一个人被丢在黑暗里，于是奋起直追。我才不告诉你们那姐姐最后嗷嗷大哭着把车蹬子都快蹬飞了，我也害怕得哭着差点儿蹬断腿。

你会掉落装备吗?

我爱玩游戏，渐渐地疏远了女友。那天，我在打 BOSS，女友对我说："你把我当 BOSS 可以吗？"我问她："你会掉落装备吗？""会啊。""掉什么？""孩子。"

神奇的10086

听说给 10086 发信息不用钱，于是有一天，无聊的我试着给 10086 发信息："我想你了。"没想到 10086 真的给回信息了："来找我呀，死鬼！"我吓得赶紧放下了爸爸的手机。好神奇的 10086！

反应你妹啊

前两天找个了多年不用的信用社存折，闲着没事就去柜台上查下有钱没。"美女，帮查下余额。"柜台美女刷过电脑后，指着屏幕开始查，"个，十,百，千,万。"我呆住了，印象里没有那么多钱啊，紧接着，美女哈哈大笑说："一分钱都没了，我就看看你的反应。"

老婆，你几个意思啊

刚才开车带着一家老小出去玩，广播突然播道："阳痿早泄，请到 ×× 男科医院，电话……"

尴尬的我赶紧调台，看了老婆一眼，老婆会心一笑，说："放心吧，电话

我记住了。”

灵异事件

和闺密一起回家，天特黑，我伸手想拉开铁门。一伸手摸到门的把手上一只冰冷的手，吓得魂都没了。“嗷”一声就蹿出去没命地跑。闺密吓傻了，不知道怎么了，但也知道跟着跑。俩人跑到大路上。闺密一直问咋了，看见什么了？我一边哭一边说，我刚刚摸到门的把手上有一只冰凉的手，像死人的手一样。闺密跳起来冲我脑袋就是一巴掌，怒骂：那是我的手！我也伸手拉门把手呢！

不好意思不哭

刚刚，一个年轻妈妈问孩子，为什么开学进新的幼儿园要哭，她儿子说：“我不想哭的，看看周围小朋友都在哭，我也不好意思不哭，意思意思就可以了！”

你是多爱演?

一日，跟媳妇闹别扭，刚好家里来了几个客人，媳妇炖了冰糖雪梨给客人每人盛了一碗，没我的份儿，我只能眼巴巴地看着他们喝。估计媳妇也感觉过意不去了，盛了一碗给我，我喝了一口，媳妇说：“你该有点反应吧？”我装着表情痛苦的样子，手捏着脖子说：“你好毒……”顿时几个客人喝的汤喷了一桌子。

我们都是矫情的贱人

在气温面前，我们都是矫情的贱人。

夏天的时候说："宁愿被冻死也不要被热死！"

冬天的时候说："宁愿被热死也不要被冻死！"

我要跟你绝交

上初中的时候，同桌一哥们儿肚子疼，憋得脸都红了。我让他举手去厕所，他说不行，一动就出来了，先忍一忍！我笑着告诉了后面的小伙伴，谁知道那货偷偷拆了打火机，趁这哥们儿集中精神的时候电了他一下。我这辈子都忘不了他当时的表情！

现在的孩子都这么调皮吗？

小侄女才 4 岁，因为调皮，我哥就吓唬她："再调皮就打你。"结果这孩子说："不用你打我，我现在就哭，你还得哄我！"

你们长得那么像

一男同事去相亲，在咖啡厅里聊了一会儿大家都不知道说什么了，为了打破尴尬，这货就跟对方说："你看坐在那里的那个女人长得真丑。"这时相亲对象说："那是我姐！"这货想都没想就说："我早就应该看出来了，你们长得

那么像！”那么像！

不带这么吓唬爹的

昨晚睡到半夜媳妇一声尖叫：“起来，孩子没了。”我腾地从床上蹦起来，找了半天，低头一看地板，10个月的闺女在地上甜甜地睡着呢。宝贝呀，你要闹哪样，不带这么吓唬爹的好吗？

妈呀见鬼了

坐长途车，一不小心就睡着了，不知道过了多久，我醒了，一看车上一个人都没了，连司机都不见了，但是车还在走……我的妈呀，这还得了，见鬼了！这时，突然车窗外伸进来一只手，然后就听见一个声音说：“是见鬼了，车坏了全车人都在推，就你一个人在睡觉！”

未来老公你在哪儿？

还有两天就是情人节！ 姐一想到，未来的老公不知要和哪个野娘们儿亲亲我我、你侬我侬……就气得想打人，却又找不到人打！

没啥过不去的坎儿

吃完晚饭，我和女友一起去公园溜达。我一时兴起唱歌给她听。唱得正起劲，一位老大爷走到我身边驻足观看，我有点害羞，就停了下来。大爷到我

旁边坐下，拍拍我的肩膀语重心长道："小伙子，没事，你继续，哭痛快就好了，没啥过不去的坎儿！"

以后再也不去那条街吃饭了

雨天，请美女吃火锅，进店后近视镜片上全是雾，于是摘了。模模糊糊我看到地上放了个墩布头，为了在美女面前表现出自己素质高，便把自己沾满泥水的鞋底在墩布上跺了两脚。哎呀！那不是墩布，是条长毛狗趴在地上！哥以跑百米的速度被那条狗追了半条街。

直接点好吗？

饭店内的电视在放冬奥会 1500 男子速滑，所有食客都投入地看着屏幕。看选手们绕场滑行一周又一周，然后隔壁桌的学生低声说了一句："别再兜圈子了！有什么想说的你就说出来啊！"

他笑什么啊？

刚才我去火车站买票，售票员问我去哪里，我说："东莞！"他会意一笑，我赶紧解释："不是你想的那样，我是去上班的。"他笑得更意味深长了。

我顿时感到万分庆幸

我们班来了一个极品语文老师，某日，他神秘兮兮地跟我们说："今天我

们开展有奖活动，请翻开作业本查看。”我们都乐了，迫不及待地翻开作业本。我很失望，因为本子上写了：“谢谢惠顾。”一把拿过同桌的本子，上面写道：“开卷有奖，再来一遍！”我好像知道什么了。谁知前排一哥们儿愁眉苦脸的，我们一看：“你获得终极大奖，学校三人游套餐一份。请于今明两天携带你的家长来本学校参观。”

听我一句劝没错儿

本人觉得刚结婚的男士不宜着急要小孩儿。最好过两三个月再做准备，尤其是经人介绍认识不到一星期马上结婚的，免得孩子出来不像你……

不说那些晦气事了

春节团圆饭的饭桌上，问 10 岁的侄女期末考的怎么样，话一出口，全桌安静，都等待侄女回答。当看到侄女幽怨的眼神时，我知道我闯祸了，只见侄女端起酒杯说：“今儿是个好日子，咱不说那些晦气事，来，干了！”

太助人为乐了

今天回家，快到家了遇见一个老奶奶，老奶奶叫我说：“小朋友，我的轮椅没有电了，你能不能帮我推回家啊？”我本着助人为乐的精神就帮老奶奶推回家了，只是不知道老奶奶在后面能不能跟得上啊！

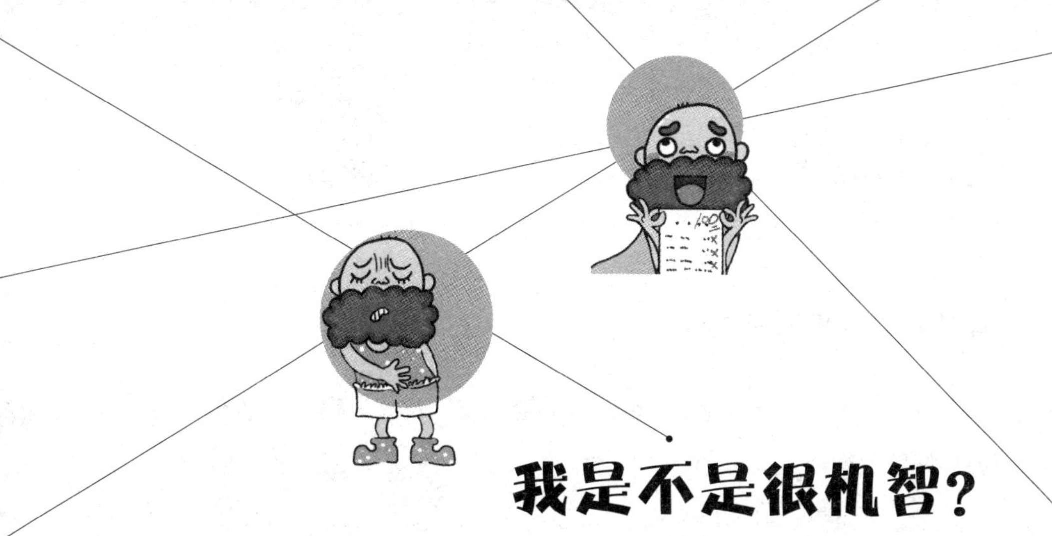

我是不是很机智？

泡面这么好吃谁还上班啊

儿子问爸爸：“为什么电视里的泡面看着那么好吃啊？”爸爸想了半天，不知道怎么回答。过了会儿，儿子又问：“为什么电视里的叔叔阿姨都不上班啊？”爸爸很快回答道：“泡面那么好吃，谁还上班呀。”

我是不是很机智

今天去相亲，那女的一上来就问我：“有房没？”我说：“没有，不过你要想的话，我们可以去开一间！”

原来这才是真相啊

女：一个在我喝醉了的时候，细心照顾我却没有占我便宜的男人，是不是个好男人？

男：不是男人！

胖了就认呗

现在的衣服质量真差，一过完年就缩水。

让你跟我嘚瑟

本人工作原因过年没回家，今天上班同事各种问，各种炫耀，哥只默默地挨个表示，哇，回家几天胖了不少。

妹子，别脸红呀

有个哥们儿很爱干净，他有个习惯，上完厕所后，洗手的同时顺便洗脸。有一妹子看到了就问我他为啥要洗脸。我表示不懂，说："我上厕所会尿手上，所以会洗手，他为啥洗脸我就不知道了。"妹子，别脸红呀。

原来还可以多选啊

如果你喜欢的人醉倒在你床上，你会选怎么做？A 守护在她身边；B 帮

她盖好被子；C 轻轻地吻她一下；D 和她做羞羞的事。

我选的是 D。我以为我的答案会是最好的了，没想到下面有人回复：CDBA。

我彻底凌乱了！

猜不到的结局

刘备对张飞说："三弟，你去取他的狗命。"张飞策马飞奔矛指吕布："喂，你知道我大哥叫我来干吗吗？"吕布看了看他："来杀我的？"张飞大笑一声："不不，我大哥让我来取你的……"话音未落，吕布转过身娇骂："讨厌！飞飞，不要当这么多人面叫我布布。"

我和小伙伴都惊呆了

高三的时候，晚上都要上自习到很晚，而且没有老师看着。晚上上自习的时候，总有家长给同学打电话，一有男同学接电话，我们就"网管网管"地大喊，结果他被骂了。一女同学家长打来电话，一男生喊道："快穿裤子，把裤子穿上。"当时那女生就凌乱了。

这是在作死啊

一哥们儿进了监狱怕挨欺负，于是壮着胆子大摇大摆地进去把一个睡在床上的囚犯踢了下去，盘腿坐在上面："大爷我上次进来就睡的这张床！"其他人都看着被踢下床的囚犯怎么没反应，掐着手指不知道干什么呢。然后那货站起来："给我打！老子都进来 20 多年了！"

这也太霸气了

一个拳击馆马上要开业了，朋友们前去参观。大家都指着门口的“欢迎下次光临”，说：“太文气了，换一句有行业特色的。”开业那天，大家发现改成了五个字：“有种你再来。”

别拦我，让我去死吧

早上上厕所，清空完肠子后发现没纸了，要不要这样？手机，没带；呼救，家里没人。想到客厅有纸，我就翘着屁股，做贼似的一步步挪到客厅。纸刚到手，爸妈带着表妹一家来串门了！

这就是我家贱人

多年未见的老下属带着新娶的老婆来给我拜年。其实他想说的文雅点儿，把媳妇称作“内人”甚至“贱内”，结果一激动，跟我介绍说：“哥！这就是我家贱人。”说完三个人全愣了。

你们还是在一起吧

超市偶遇前女友，她看了一眼我手里的手套，眼神幽怨地说：“离开我以后你变体贴了，还知道给女朋友买衣服了！”我淡淡地看了一眼她购物篮里的黄瓜曰：“离开我以后你也变温柔了，都知道接老公回家了！”

这不过节吗？

男友给银行打电话："一大早，贵行三个 ATM 机全部取不出钱，贵行是打算让我过愚人节吗？""先生请稍等，我们为您寻找故障原因……先生，您卡内余额为零。"男友说："我知道啊，这不过节吗？"

真的是真的

员工办离职，需要写离职报告。那么大一张 A4 纸，他就写了 4 个字：不想做了。我说，这么大张纸，你能不能多写点？然后他把纸拿过去又写了一会儿。完事儿我拿过来一看，他在前面加了两个字："真的。"

娶这么个老婆不怕丢

有一次半夜和老婆吵架，老婆一生气离家出走了，我下楼找没找到，正准备回家穿个衣服接着找，结果她却在楼门口等我，我俩一路无声回家了，高潮不在这儿，回家后我没憋住，问她刚才上哪儿了，她说下楼才发现外面太黑没敢走，一直在楼门口的拐角躲着呢！看我回来了，怕我先上楼自己害怕，就出来了！哈哈，我就无语了！

这是一个真实的故事

记得上学的时候，我把猪鬃做的黑板擦剪下来点碎末，偷偷撒在我前

面女孩的衣领里，一下午她各种拧各种抓，各种难受，我笑得特别开心，第二天，我被同桌出卖，被那女孩她哥给揍哭了，直到现在我见到大舅哥都有阴影！

说多了都是泪

高一喜欢的一个女生，漂亮，学习好，所以坐在最前面，我学习不好坐在最后面。屌丝的我已经比其他屌丝更早知道，只有努力学习才能坐到前排和她缩短距离。于是我开始发愤图强，渐渐地我开始坐中间了，就在我幻想着坐前排的时候，居然分班了，然后我沉默了一个夏天。

这才是亲妈

和娘亲去买内衣裤，我娘说："我女儿屁股大，麻烦找两件大点儿的内裤。""这个够我女儿穿吗？她屁股没普通女孩子那么小哦。""不够不够，还要再大点儿的 ，她屁股真的很大。""差不多了，我女儿屁股实在太大了。"我很无语，屁股大我承认，但犯得着一直强调吗！分贝还特高！

这怎么能忍呢

哥是个货车司机，有次中途休息吃饭，吃完准备赶路。看到一熊孩子用石头把我车的玻璃给砸了，这能忍？当时哥就怒了，一把扯过熊孩子就递给他 10 块钱，然后和蔼地说："傻孩子，你砸这种车才值 10 块钱，看到旁边小的那种了吗？对，就有四个圈圈的那种，人家给 100 块呢！"

过年的时间轴

老爹总说："元宵结束了才算真正过完年。"我的上班族朋友说的是："初七一结束，年就过完了。"学生们跟我说："我们要到寒假结束才算过完年哦！"然后，今天一朋友在群里激动地吼："老娘的年终于过完了！"我奇怪地说："你不早就开始上班了吗？"她说："可我年前下的订单今天才收到快递！"

不要放弃治疗啊

医学院学生来实习，主任领着他们来到病房，说："等会儿你们看一看病人的病情，知道的就点头，不知道的就摇头！"学生甲先去看了看，摇着头出去了；学生乙跟着去看，也摇着头出去了，主任看着他们叹了一口气。当主任正准备领着学生离开时，那个病人突然跳下床抱着他的腿，大声哭道："主任，救救我啊，我还不想死！"

生活是个讽刺大剧场

1. “双十一”过后，每一个来送快递的小哥都像是一个皇帝。办公室的每个人都渴望着被临幸，当他叫到谁的名字时，那人有如即将光宗耀祖般，雄赳赳气昂昂地去拿快递；其他人唉声叹气，继续等待着期盼着……

2. 和朋友一起逛街，忽然看到一个老人摔倒在地上，我二话不说就要上去扶他。朋友一把拉住我的手说：“你家里可不富裕啊。”我挣脱了他的手，没想到又被他拉住：“老婆孩子还在等你吃饭呢！”我一脚踹在他身上，狠狠说道：“那是我爹！”

3. 很久不联系的老同学找我借十万块钱，我觉得特别感动，我换了八次手机号他都能找到我。

4. 在地铁里，有一名中年男子拄着双拐，左腿打着石膏，手持装有少许硬币的搪瓷碗举到我的面前轻轻颠动着。我慢慢地抬起头，深深地看了他一眼，说：“大哥，你的腿得伤成什么样啊？都两年多了，没有一点好转。”他默默地转身，走向下一节车厢！

5. 和国外朋友闲聊，她问我中国制造的什么质量最好。

我说：地铁和公交！

她问：为什么？能装多少人？

我深吸口烟，说：有多少就能装多少！

6. “呜呜……我的诺基亚碎了！”

“别逗了，怎么可能？”

“我不小心把它放在作业下面了！”

7. “经过反复的用力挤压，肉质的弹性被发挥到了极致，显得异常紧实……”

“哟，看纪录片呢，这是《舌尖上的中国》？”

“不，这是《高峰期的地铁》……”

哭笑不得的男女笑语

1. 恋爱中，如果有一个永远是对的，那另一个肯定是男的。

2. 许多人把自己单身的原因归结于社交圈子太窄，潜台词是基数如果比较大的话总有瞎眼的。

3. 有人只能靠衣着打扮才能变得好看，有人只能靠化妆整容才能变得好看，而你跟他们不一样，你永远好看不起来。

4. 女人要活得像毒品一样，要么弃不掉，要么惹不起！

5. 觉得撞衫很尴尬的人，通常有两种心态，一种是：我俩穿一样的衣服，怎么好像我比她丑？一种是：她那么丑竟然敢穿和我一样的衣服！

6. 所谓真爱就是明明两个人都那么丑，还担心对方被抢走……

7. 现在的女孩就是：亲人面前小清新，外人面前文静帝，熟人面前神经病，闺密面前女流氓。

8. 有钱有脸叫男神，有钱没脸叫老公，有脸没钱叫蓝颜，至于没钱没脸的，对不起你是个好人。

9. 爱情就是不吵架的时候觉得可以为他去死，吵架的时候觉得最该死的人就是他，吵完架觉得天啊！他要是死了我也就不活了。

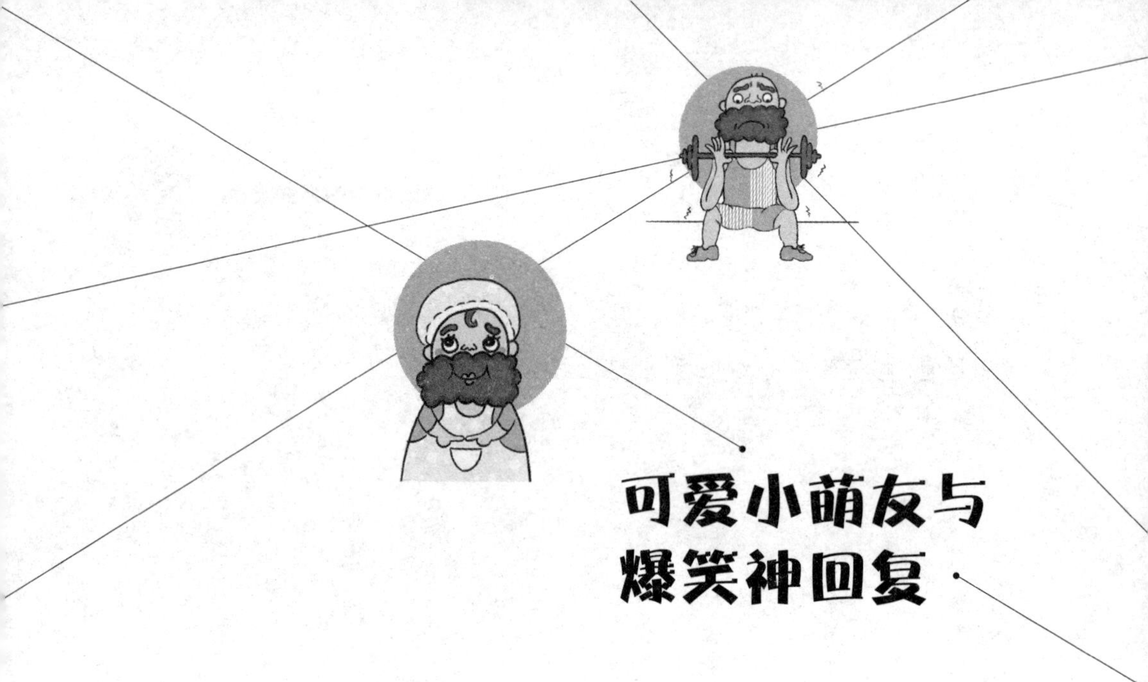

可爱小萌友与爆笑神回复

1. 今天给儿子买了一些他最爱吃的奶糖，我怕他吃多了坏牙，只给了他几个，把剩下的藏了起来。他很不情愿，瞪眼望着我，突然捏了捏我的喉结，大哭起来。我忙问："怎么啦？"

他指着我的喉结哭道："爸爸偷吃我的糖，在这儿，快还给我！"

2. 今天带妹妹去公园玩。小丫头是个超级吃货，见到一个十来岁的小女孩拿了个冰激凌，妹妹一下子冲过去对着人家说："姐姐，可以给我咬一口吗？"当时那个尴尬啊，那个小女孩也蒙了，我赶紧跟人道歉，拉着她往回走，谁知道这丫头又来了一句："不给咬舔一下也行啊！"

3. "双十一"那天，六岁的外甥女给我打电话说："小舅舅，节日快乐，我妈说了，叫我委屈一下给你打电话，明天跟别人吹起来，好歹也有个女人约过你。"唉！ 我……

4. 学校门口的网吧喧闹了一中午，突然，有人大声道："你上网的身份证哪里来的？"一个小学生哭着说："网管说没有身份证不准上网，我看见门

口贴的广告上有个身份证号就抄来用了。”警察咆哮道：“国家 A 级通缉令上的身份证你都敢抄？你爸妈怎么管你的？”

5. 如果当年荆轲有手枪，他能否刺秦成功？

神回复：荆轲都有手枪了，秦王也该有防弹衣了。

6. 对方父母给你五百万让你离开他们的子女，这种情况下怎么应对？

神回复：这可是我一生的挚爱，得加钱！

7. 没人爱跟爱错了人，哪个比较苦？

神回复：一个是没饭吃，一个是吃到屎。

8. 为什么会有人花 10 万块钱买一个包包？

神回复：目的就是为了让穷人去思考这个问题。

9. 你为挽回前任干过什么事情？

神回复：买了双色球，没中。

10. 为什么心情不好的时候总会想吃东西？

神回复：因为伤心欲“嚼”。

11. 为什么单身的人比较容易胖？

神回复：因为每天都在“吃吃”地等另一半的到来。

12. 什么叫任性？

神回复：好好的一瓶消毒液，名字却非要叫“84(不是)消毒液”。

猪把狼逼死了

三只小猪，猪 A 的名字叫谁，猪 B 的名字叫哪儿，猪 C 的名字叫什么。有一天，猪 A 和猪 B 站在门口，猪 C 在屋顶上。一只狼发现了它们，想要吃掉它们，于是冲到猪 A 面前……

狼：你是谁？

猪 A ：对！

狼：什么？

猪 A ：什么在屋顶。

狼：我是问你的名字是什么？

猪 A ：我叫谁，什么在屋顶。

狼又问猪 B。

狼：你是谁？

猪 B ：我不是谁，它是谁（指着猪 A ）。

狼：你认识它？

猪 B：恩。

狼：它是谁？

猪 B：是的。

狼：什么？

猪 B：什么在屋顶。

狼：哪儿？

猪 B：哪儿是我。

狼：谁？

猪 B：它是谁（又指着猪 A）。

狼：我怎么知道。

猪 B：你找谁？

狼：什么？

猪 B：它在屋顶上。

狼：哪儿？

猪 B：是我。

狼：谁？

猪 B：我不是谁，它是谁。

狼：天哪！

猪 A、猪 B：天哪是我们的爸爸。

狼：什么，是你们爸爸？

猪 B：不是！

狼受不了了，仰天长叹：为什么！

猪 A、猪 B、猪 C：你认识我们的爷爷？

狼：什么？

猪A：不是，为什么是我们的爷爷。

狼：为什么？

猪A：是!

狼：是什么？

猪A：不，是为什么。

狼：谁？

猪A：我是谁。

狼：你是谁？

猪A：对，我是谁。

狼：什么？

猪A、猪B：它在屋顶。

……

最后，狼自杀了.……

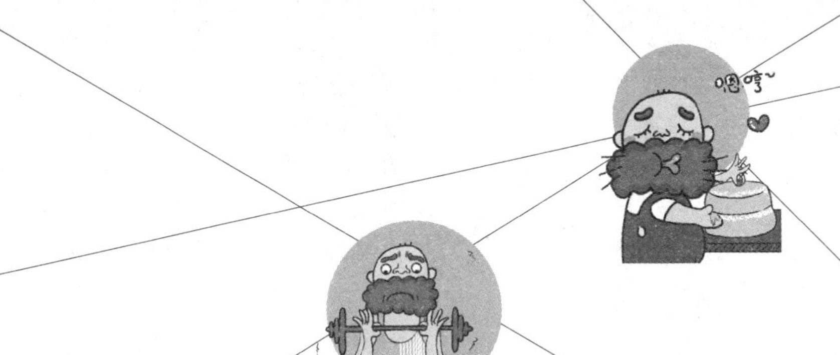

请收下我的膝盖

听话的孩子

上小学的时候，有一回，同桌借给我一盘录像带。回家看的时候，看到有一行字是：18 岁以下的青少年，请在父母的陪同下观看。我赶紧跑去找父母。后来，差不多整整一个星期，我是在鼻青脸肿中度过的。这就是听话孩子的下场！

撕课本干啥？

今天弟弟在学校犯错误被叫家长了，我爸班都没上跑到办公室问什么情况。

爸爸：又犯啥事了？

弟弟：我把课本撕了。

爸爸：撕课本干啥？不想读书了？

弟弟：别人都撕呢。

我爸一巴掌就扇他脑袋上了：你个小兔崽子，人家高三撕书，你一小学生撕个什么劲啊？

我爬不上去

邻居的小屁孩特可爱，一天，他家里来了客人，指着墙上的结婚照问："墙上的两个人是谁啊？"答："爸爸妈妈。""为什么没有你啊？"小孩憋了半天说："我、我、我爬不上去。"

叔我跟您闹着玩呢

老头儿骑车不小心撞了停在路边的宝马，撞完以后骑车要走，宝马司机下车就骂："老东西，你瞎了，撞了我就跑？"老头转过头说："小伙子，你要这么说，我可就躺下了！"宝马司机说："叔，我跟您闹着玩呢，慢走啊！"

好大方的老板

开工头一天，老板巡视，发现一员工躲在墙角玩手机，老板不悦，走向前问："你一个月工资多少钱？"员工答："3000 元。"老板拿出 3000 元丢给他说："你可以回家了！"员工拿着钱高兴地走了。等他走后，老板问旁边员工："刚才那个员工是哪个部门的？"旁边的员工答："他是来送快餐的……"

逗B送餐小哥

今天遇到个逗 B 的送餐小哥，人到了，一脸严肃地说道："一共 24 块。"我掏钱，他看着我，对视 5 秒以后，他默默地来了句："不好意思，餐忘带了……"

我去你家玩

女同事把儿子带单位来玩，一群人都过去逗他："今天跟叔叔回家玩好不好，叔叔家好多玩具。"小孩摇摇头："我爸爸出差了，我要陪妈妈睡觉。""真懂事，那下班叔叔去你家陪你玩好吗？"小孩想了想，开心地鼓掌："好！叔叔你陪我妈妈睡觉，我去你家玩！"

我不要了，行不行?

男友在网上联系了一个卖车的，约好下午某大超市门口见面。到了目的地才发现对方是一个一米八的刺青大汉。他指着超市前面的几排自行车，问："要哪个？"

很懂得保护自己

军训点名，教官没念到我，最后说："××× 又没来。"我觉得很生气地想他可能是瞎，大声讲："教官，你漏点了！"教官一惊，赶紧用双手护住自己的胸部。

以为是我撞的

老婆最近说要骑自行车减肥，骑着骑着摔了一跤，老公看着老婆慢慢地爬起来。老婆生气了，骂：“你个死鬼，也不来帮一把。”老公马上说道：“我要扶了，别人还以为是我撞的呢！”

我一定不是亲生的

刚才给我妈挂电话。

我：“喂，妈……”

我妈：“又没钱了？”

我：“嗯！”

我妈：“不好意思，你打错了！”

然后就挂了！就挂了！挂了！……

我不回家了可以吗？

今天在酒吧我有些醉了，开始和弹钢琴的那位性感女郎调情。

这时，我的女友走了过来，对我说：“回家后别忘了提醒我为你青肿的眼睛准备些药膏。”“可我的眼睛并没有青肿啊？”我不解地问。“我们这不是还没到家吗？”女友冷笑着说。

我看着不太像

一个坏男人死了，他的太太在灵前谢客，朋友念祭文道："君性纯厚，品性兼优，济弱扶贫，无不爱戴。"他老婆低头问他儿子："你去看看棺材里躺的是不是你老爸？"

来自某宝的评价

某宝上的一条评价：我穿着这件新买的斗篷去面包店，因为冷，把胳膊缩在里面。面包店老板以为我是失去双臂的残疾人，坚决不收钱，而且很贴心地把面包袋挂在我的脖子上……为了不让店主失望，我用头顶开了门，走了出来……

老二给哥拿根烟

我是男的，昨天放假回家，晚上和我爸一起睡。早上被音乐声吵醒，迷迷糊糊地以为是学校的铃声，我拍拍了一旁说："老二给哥拿根烟，让我缓缓神。"我爸直接发飙了……

老婆，我很听话的

儿子不听话，老婆把他拉到房里教育一通后，异常乖顺！我问老婆怎么做到的，老婆叹了口气说："还能怎么办？又不舍得下手打。"回头看到儿子屁股上的脚印，沉默……

我是您充话费送的吧？

谁也别拦着我

今天男朋友非要带我去吃火锅，我问为啥，他说今天是纪念日啊，我又不敢问，以为我忘了什么，就稀里糊涂跟着去了，吃毕，我问，到底是什么纪念日？男朋友把手机掏出来，打开优化大师，幽幽地说，今天是我持续优化100天！咦，我的刀呢，别拦我，让我砍了他！

好机智的病人

医生对将开刀的病人说：“这个手术有些风险，要是失败了，会造成你右半身麻痹。”病人用手摸了摸命根子，医生：“你干吗？”病人：“我先把它移到左边。”

我是您充话费送的吧？

过年在家除了洗碗就是劈柴，忍无可忍对父亲埋怨道：“我是您充话费送的吧？大过年的这么折磨我。”“傻孩子，怎么可能呢？”父亲爱怜着摸了摸我的头，“你是别人给我充了话费又送的。”

我当场噎那儿了！

午饭和我哥讨论女生耐不耐看的问题，我问：“哥，我是不是越看越漂亮？”我哥就开始使劲闭眼再睁开，使劲闭眼再睁开，我问：“干啥呢？”我哥说：“刷新。”

谁先躺下还没准呢

一天，一男的闯红灯被警察拦下了，各种盘问，各种记录。这时那男的小声说了句：“以后还不是要落我手里！”这警察一惊，心想难道是某某大人物，便问：“请问你在哪里工作？”男子：“火葬场。”

你看着给吧

这几天花销比较大，一不小心把生活费用完了，可离月底还有 20 多天，准备讨好老爸要点生活费。早上起来给家人煮了面条当早餐，老爸拿着筷子警惕地看着我问：“这面，多少钱一碗？”

乔峰死得冤啊

原来乔峰是被阿紫害死的，只插了两刀本来是不会死的，结果被抱着跳崖摔死的，想当初在丐帮大会插了四刀都没事！

慢慢等第二种吧

债主问："你为何迟迟不还钱？"

二货说："你不要急，我在等待两种奇迹的发生。第一是我彩票中大奖……"

债主："做梦吧你！"

二货："第二，你总得离开人世吧？"

从此我不再相信爱情

前天和朋友聊天，他一直没女朋友，我问他为什么，他语重深长地说："我的爱情早在幼儿园就死掉了！"然后他点跟烟："当时我喜欢一个女孩，有一天我买了几个糖块，她到我跟前，好像很想吃的样子，我说我给你一个，你让我亲你一下，她说：'行！'于是我给了她一个，她却撒腿就跑。"

好机智的孩子

一对夫妻刚刚吵完架，妻子为此还在愤愤不平！

突然妻子转头问她的小儿子："如果爸爸妈妈吵架，你要站在哪一边？"

孩子想了一下，坚定地说："站旁边！"

我太机智了

情人节要到了，不懂送什么礼物。打电话和女朋友说买好礼物了，要她猜，然后我就知道要买什么了，我太机智了！

谁来带我回去啊

刚到新城市新单位第一天，得先把睡觉的东西买全。跑到超市各种挑。被子 580，床垫 260，再加上其他杂七杂八的生活用品，估计没有 1000 也有 900。可结账时却只要 480，难道被子没算上去？于是果断结账拎着包头也不回一路猛走。到一偏僻处，抽出小票一看，被装全场五折。不早说，老子现在迷路了……

都不许动

男友警校毕业后第一次打猎，他有些激动。打猎开始了，他找到了一个离鹿群很近的密林，等待着鹿群的接近。鹿群慢慢地向他走来，他手心开始出汗，他闭上眼猛地从树林中跳了出来，向天空打了一枪，并喊道："都不许动，我是警察！"

等老婆发话

前年她 17 岁，她看到我的 iPad，说："姐夫，你的 iPad 不错嘛！"

她回去的时候，她姐姐把 iPad 给她带上了。

去年她 18 岁，她看到我的 IBM 笔记本后，说："姐夫，你的 IBM 不错嘛！"

她回去的时候，她姐姐把 IBM 笔记本给她带上了。

今年她 19 岁，她看到我后，害羞地说："姐夫，其实你这人挺不错的。"

我在等她姐姐发话。

你才丑，你全家都丑

跟老公拌嘴，没理他，过了一会儿他抱着我哄我开心叫我别生气了，我："你不是嫌我丑吗？滚开！"把他推一边。老公说："老婆别生气了好吗？我不是那意思，就算你长得再丑不还是我老婆嘛！"……

你应该考虑以后怎么生存

一个人去当兵，进行野外生存训练，钻木取火两个小时，手都起泡了也没点燃，放大镜取火，又两小时过去了，眼睛都快看花了还是没点燃。这时候天快黑了，这哥们儿郁闷地拿打火机点上一支烟道："难道我真的不适合当兵吗？"

诸神之战，凡人岂敢插手

我一个同学去便利店打工，一天，老板说：“今天两个客人打架都掐出血了，你都不去拉架？我经常告诉你们顾客就是上帝，都忘了吗？”同学说：“诸神之战，凡人岂敢插手！”

越想越不对

过年可是睡美觉的好时候，大清早我娘到我房间来，吼了一嗓子：“外面有个姑娘找你！”于是我马上穿上衣服……越想越不对！

为了吃，形象什么的早就不要了

机智的儿子

晚饭后，我问两岁半的儿子：“爸爸好不好？”儿子不假思索地回答：“好！”我心里正美着呢，老婆就问儿子：“爸爸哪里好？”只见儿子看着我老婆笑着说：“爸爸的老婆好……”

你就安心去吧

前天我咳嗽得厉害，老婆说：“是不是要死了？”我自认为很浪漫地说：“死之前要赚几百万给你和孩子用。”媳妇突然说：“你死了我找个几千万的嫁了，你就安心去吧。”

为了吃

上午我热了蟹粉包子当早餐，老公却一直赖在被窝里怎么叫都不肯起，我说："再不起包子就喂狗啦！"只听得被窝里立刻传来一声："汪！"

老师太霸气了

本人大学生一枚，有天上课，老师在上面滔滔不绝，但是很无聊，很多人都偷偷睡了，我刚准备入睡，老师突然激动地说："你们来上大学，你爹就是给你买了两张火车票吗，在教室是硬座，回宿舍就是软卧吗？"

好吧，是我想多了

今天在公交车上，刚上车就听见一个人说："菊花好痒！"我刚想看看是哪位大师如此的放荡，另一个声音幽幽地传来："我觉得还是仙人掌好养。"

都给我排队

妹子今天自己去中街看电影，排队的时候，发现总是有插队的。于是说道："请排队好吗？""麻烦排下队好吗？""买票排队好吗？""都给我排队！"立马闪出一条道，都开始排队了。你看，我就说了淑女没用。

别问我然后呢

我可能要被开除了，女上司素颜就来上班，我哪知道是谁啊，就说：这丑货是谁啊？给老子倒杯水！

一道屏风

我到朋友家参观一古代屏风，那屏风上画的是仕女图，个个窈窕婀娜，美极了！我道：我看到这个，就想到我老婆！朋友问：你老婆的身材像这上面的仕女吗？我：不，每当她站在我面前，我就觉得她像一道屏风！

老师你真狠

老师是这样形容我的：你的成绩不是拖了全班的后腿，而是打折了一条。

然后他们打了120

大街上，两个男人正在吵架。

A："你就是一头笨驴！"

B："你才是一头蠢驴！"

我实在看不下去了，过去劝道："都是一家人，何必伤和气呢？"

真是好老婆啊

老婆煮晚饭就一个青菜，我郁闷地说："怎么也得俩菜啊！"然后她默默无语地把这盘青菜分别扒拉到两个盘子里，推到我的面前。

中国好哥哥啊

快要开学了，我弟弟担心能不能写完寒假作业。我苦口婆心地劝他把所有作业都留到最后一天再写，因为那样就不用担心了……而是肯定写不完。

宅的最高境界

同学A："你知道宅的最高境界是什么吗？"

同学B："是什么？"

同学A："哥大四了，昨天还在学校迷路了。"

同学B："……"

多养几年就发财啦

以前我养了一条泰迪，聪明无比。

一天带着这条狗去饭店吃饭，吃完出来后，到了门口，怎么拉这个狗也不走，回头一看，狗的左脚下竟踩了一张五十块钱。

哥们儿不要放弃治疗

过年打麻将打得走火入魔了。今早做梦，梦到打麻将，别人一个杠上开，我一下惊醒了。然后发现是梦，稍微放松了下，因为不用掏钱。但是觉得不能让别人那么嚣张，转头继续睡：我要在梦里赢回来。

友谊要结束了

一死党跟我说请用一首歌形容他，我说：“嗯……好汉歌！”

他：“为什么？”

我：“嘿呀，你二呀，哎嘿哎嘿，你二呀！”

他：“……”

你到底要我干吗？

20岁之前，爸妈说不许交男朋友，交了就不准进家门，可是，20岁之后，爸妈又说，再不交个男朋友就别回来了。

你给我出去

老师：“有口皆碑，怎样解释？”

学生：“有口皆杯的意思，是说，凡是杯，都有口，如酒杯、茶杯等。”

做好事不留名

A：“这位先生！本地要建慈善安养院，希望您能响应捐献。贡献一份力量！”

B：“好，可是我身上没有现金啊。我签一张支票给你们好了！”

A：“呃，先生对不起，你没有在上面签名哦。”

B：“我做好事从不留名的！”

啥时候改的名

下班了去买瓶和其正，老板找半天，硬是没找到，老板说了一句：“和其正改名加多宝了！”最后我就拿着加多宝喝着走了……

吃货的世界

朋友：“一样是把手指放在嘴里轻吮的动作，为什么别的姑娘做就很性感，而我做就一点儿也吸引不了人呢？”

我：“你先把另一只手上的鸡翅放下再说好吗？”

调虎离山

老师：“什么叫‘调虎离山’？”学生：“譬如考试的时候，校长忽然把老师从教室叫了出去，这就叫作‘调虎离山’。”

谁能告诉我他们聊了什么？

兄弟为了甩掉女友，用尽了方法，最后他把他跟我媳妇的聊天记录给他女友，然后他们分了……

我错过了什么？

送暗恋已久的女神回家，到她家门口后，她说有事给我说，说话的同时她的嘴凑了过来。我赶紧把耳朵贴了上去，结果她说："算了，明天再说！"转身回家了！

这朋友怎么能这样

朋友给我送了一个粉红色的胸罩作为新年礼物，开什么玩笑？我可是男人啊！怎么能送这个？应该送黑色的啊！粉红色的多娘啊！

对不起啊，小伙子

老姐比较中性，今天刚烫完头发，正臭美呢。一个小女孩和她奶奶过来了，小女孩撞了一下我姐，那奶奶直接说："让你看路你不看，撞到哥哥了吧！对不起啊。小伙子。"

老爸对儿媳妇很满意

昨天大雪，叫老爸开车来接，顺带送对象回家……对象刚上车，我还没上，老爸一脚油门便走了……看来老爸对自己儿媳妇很满意啊。

大闹天宫的启示

大闹天宫给我们的启示是：牛 B 的不是你能打十个，而是你只能打一个，却有一帮队友帮你打剩下的九个。

我该怎么办?

生病了在输液。旁边有个护士在玩手机，我仔细一看她在搜索："输液死亡抛尸。"天啊，我该怎么办?

好像真的是这样

突然想想，不论是过情人节或者圣诞节，女人喜欢过前半天，而男人则最期待后半天!

可以不解剖吗?

病人："医生，我得的到底是啥病？为什么你和 A 医生说的不一样呢?"B 医生淡淡一笑："没事儿，解剖后就能证明是他错了。"病人："……"

没猜到的结局

她生日，他迟到 10 分钟才匆匆赶到餐厅，她很生气。

他说：“路上塞车。”

她说：“你骗我，半小时前我用 ×× 软件监控到你已经离我 50 米了！”

他一时语塞，这时旁边的服务员说：“这位先生刚才在厨房亲自下厨……”

她感动得眼泪肆意流了下来。服务员面带红晕瞥了他一眼，偷偷整理了一下自己凌乱的头发。

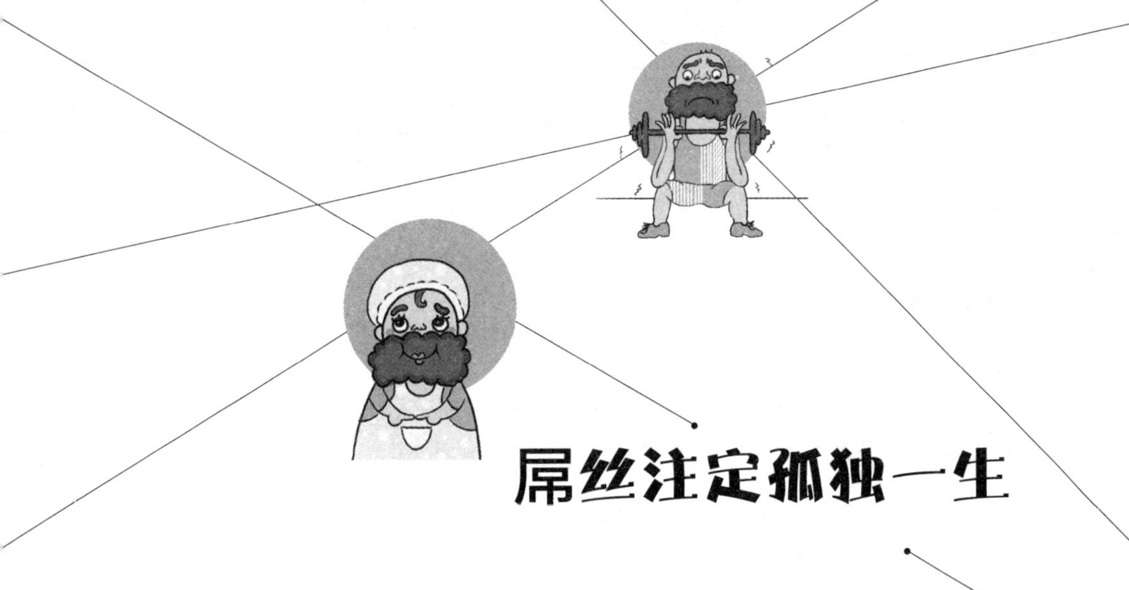

屌丝注定孤独一生

你中枪了没有?

这几天的状态：作业明天再写吧！不行，至少把这张试卷写完。但是好难啊！先睡一觉再来写。好主意！然后一觉睡到天亮。

屌丝注定孤独一生

学长骑自行车载一学妹回家，到了家学妹下车羞涩地说：“学长，以后你车的后座能只属于我吗？”说完脸红地低下了头，学长顿时愣了下，随即笑了说：“没问题，我今晚回家拆给你……”

是不是我想多了

那天逛街遇到朋友，我跟他打招呼：“好久没见面了，最近忙吗？”“忙！忙得屁股直冒烟儿！”说着，嘴里吐了一个长长的大烟圈。

奶奶，不是那个猫

有次电信打电话来家里，向奶奶推销宽带说：“订一年的宽带还送个猫。”奶奶说：“家里养了狗了，没法养猫。”

她大哥太热情了

刚才悄悄尾随终于来到了女神的家，相比之下她家人却热情得多，非要留我吃晚饭，特别是她大哥，说要让我吃不了兜着走。

你把服务员吓着了

同学聚会，有一人迟到半小时，哥几个准备不再等他。有人说：“人还没全就开喝多不好啊？”我说：“这好办！”然后掏手机翻出同学的照片立在桌上，并在前面摆了三颗烟。大家纷纷忍笑向牌位举杯敬酒，来上菜的服务员不知前情，看傻了眼。

两分钟后只听见外面“嗷”的一声尖叫，同学推门进屋就说：“服务员咋看着我就跑呢……”

人才太多了

商铺开张，风水师说：“贵铺正东青龙位，通道货箱堆积，地气不畅，如龙困浅滩；兼之炉灶面南背北，南属火，二火相乘易生火光之灾。”

老板惶恐请解，风水师道：“搬开货箱，龙行风畅；旁置开光消防栓一尊，呈水动之象，风流水动，自然平安。”

风水师回到大队说：“队长，这个月消防整改任务完成了。”

原来是我感动错了

昨晚看见一老太太和一老头手拉着手在雪中漫步，心中一下子涌起莫名的感触，再看看飘在天空中的雪花，瞬间一幅构图在脑海中浮现，人生竟然变得如此美好！不由驻足羡慕地看着二老，这时老头说：“挺冷的，别冻坏了，回去不？”老太太答：“没事！再走会儿吧，回去了俺家老头就不让出来了…”

她真的没叫其他人

昨天收到女神短信：“晚上去山上看星星吧，只叫了你哦，别告诉其他人了！”幸福总是来得太突然，我紧张得晚饭都没吃。她果然没叫其他人，星光璀璨，我自己一人在山上坐了一宿！

老婆感动得都要离婚了

老婆最近总是抱怨家里的车时间久了，开起来声音太大。我看了看存折，

去年也挣了不少钱，就咬咬牙给老婆了买了个新耳塞。

你这是蹲了多久啊

刚才上公共厕所，刚开门，一哥们儿忽然跪我面前了，吓了我一跳，刚想说话，这哥们儿说：“兄弟，扶我一把，蹲时间长了，脚麻了！”

二货同事欢乐多

我问一二货的同事说：“如果僵尸来了，你会怎么办？”二货说：“我马上拿摄影机。”我问：“为什么？”这二货来了句说：“看了那么多的僵尸片，没见到僵尸会去咬摄影师的。”

考验你妈妈的耐心

过年，小伙伴们是从学校回来专程考验你妈妈耐心的。

晚上：妈，我不想睡。

早上：妈，我不想起。

做好饭：妈，我不想吃。

饭吃光了：妈，我饿。

外出时：妈，我不想去。

要回去了：妈，我不想回。

自作孽，不可活

捡了个苹果 5s，去派出所的路上手机响了，我想是失主的话就问个清楚还给人家……手机刚接通，那边的女人就吼道：你是不是捡了我的手机？赶紧还给我，不然我报警了，我手机有定位，要是被我找到你老娘一定弄死你……我当时完全没多想，直接将手机丢河里了。

萌萌哒

亲戚家有一个侄女，3 岁小萝莉。傻傻地站在车旁想进去不知道怎么开车门，就一直对着车门大喊："芝麻开门！芝麻开门！"小侄女，你这么萌，俺们以前都不知道！

你想看我的身子吗？

坐车旁边的情侣在吵架，女的很生气地骂："你给我滚！我不想看见你的脸！！"

我以为男的会生气。结果男的幽怨地拉开衣服说："不想看脸，你还想在这儿看我的身子吗……"

连年龄增长的机会都没有

A：年过完了，又要努力工作了，这个世界上没有什么是不努力就能得到的。

B：不见得啊，你没看网上说了吗，唯一不用努力也能增长的就是年龄了。

A：你要是不努力地活着，连年龄增长的机会都没有。

舅舅帅不帅

老婆的弟弟逗我女儿：“舅舅帅不？”

丫头抬头，默默看了他一眼，咬唇低声道：“嗯。”

我忍不住逗道：“嗯，啥意思啊，说清楚，你舅舅到底帅不帅？”

女儿：“需要撒谎的时候尽量沉默，不得不撒谎的时候尽量不要伤害对方。”

蚊子都不稀罕你了

舍友平时不讲卫生，一到夏天，蚊子就咬他，他为此苦恼不已。前段时间，我到外地实习，不在宿舍，昨天回到学校，他得意地告诉我：“现在蚊子不咬我了，都去咬别人了！”我反问他：“这么说，你现在讲卫生，爱干净了？”他说：“那倒不是，可能是现在蚊子都爱干净了吧！”

一大波囧段子正在靠近

和妈妈去裁缝店

小时候妈妈带我去裁缝店，看到桌上有电熨斗，告诉我这个千万不能摸。于是，我上去舔了一口。

吃货儿子伤不起啊

给儿子买了个煎饼，里面有加火腿肠、酸菜等。大概剩三分之一时，听见他说："哦，还有火腿肠啊！"一口咬下去，就听见他哭着说："原来是我的手指啊！"

原来这才是真相啊

如果你的耳朵痒了，证明有人想念你；

如果你的眼睛痒了，证明有人想见你；

如果你的嘴唇痒了，证明有人想吻你；

如果你的身体痒了……别瞎想了，该洗澡了！

今天早上吃什么呢？

女友：亲爱的，只要你把面包和咖啡准备好就可以吃早餐啦！

男友：今天早上吃什么呢？

女友：面包和咖啡。

好文艺的表达

我妈说话真有艺术，有天晚上我要洗头，她连忙阻止，说："日落湿顶，湿气容易入脑。"我一琢磨，她想表达的应该是"晚上洗头，脑子容易进水……"

王总，我来我来

"王总，你别管了，我来我来。""不行不行，李总你太见外了，我来我来。""哎！每次都是王总你来，今天无论如何都得我来了！""别别别，上回在上海就是你来的，这是在北京，你就让我尽一回地主之谊，我来我来。""你们赶紧投币！后面还有人等着上车呢！"

姑娘，您真是霸气啊

今天去上厕所，人多，所以排队等，轮到一小女孩，她刚准备进去，外面冲进来一摩登女，说：“让我先上，我急。”那姑娘淡定回道：“你又不是我的屎，怎么知道它急不急？”

从未分开过

孩子 16 岁时，妈妈：有女朋友吗？

孩子：有。

妈妈：这怎么行，现在就应该好好学习，快分了！

孩子：好。

孩子 24 岁时，妈妈：有女朋友吗？

孩子：有。

妈妈：哟，什么时候开始的啊？谈多长时间了？

孩子：8 年……

好机智的少年

学生对老师说：“我想请我爷爷来开家长会，行吗？”老师问道：“为什么你爸爸和妈妈不来呢？是他们没时间吗？”学生回答说：“不，因为爷爷耳朵听不清！”

哎？我男朋友呢？

本人女，我是体育特长生，好不容易有了第一个男朋友。一天，我和他走在公园里，他想亲我，我闪躲，然后像电视上的情侣开始了嬉戏，我奔跑，他追我，我们都笑得很开心，我回眸一笑，“哎？男朋友呢？靠！我跑得太快了吗？”

这病真是太可怕了

昨晚和妻子一起看一部关于老年痴呆症的纪录片。她突然转头对我说：“这病真是太可怕了。要是我得了老年痴呆症的话，我觉得自己还不如开枪自杀算了……”“嗯，我知道，”我说，“你五分钟前已经说过了。”

您还是自己照看吧

今早，住在隔壁的姑娘哭着跑来找我说：“您可以帮我照看下我的孩子吗？通常我也不会问，但我现在真的是走投无路了……”“当然可以，”我安慰她说，“要看多久？”她说：“三五年吧。”

记忆中的win98

记得 1999 年开网吧那会儿，一天一熟客到吧台跟我说：“老板我实在看不下去了，17 号桌的美女对着 win98 的登录框输了半个小时的 QQ 账号密码，到现在还没进桌面呢！”

从小我就有个梦想

从小就有个梦想，想当个领袖人物。比如班长啊，村长啊，什么长之类的。现在长大了，梦想成真了，我终于当上家长了！！！领导着我家的两个淘气孩子了！

你女朋友怎么样

我和女友是异地恋。今天下班后一直在家，一家人在一起，妈妈问我：你女朋友怎么样，贤惠吗？答曰：嗯，她是最好的。爸爸听后，幽幽地来了句：我曾经也是这样想的……好吧，现在家里有很大的杀气。

最性感

女人最性感的五个动作片段：1. 在朦胧的月光下抽烟。2. 在雨中淋湿衣服露出美好的身材。3. 柔情地注视着你。4. 露出一点点诱人的内衣蕾丝边。5. 双手有意无意地搭在胸前。

男人最性感的五个动作片段：1. 做家务。2. 做家务。3. 做家务。4. 做家务。5. 对老婆或女朋友说“去休息吧我来做家务”。

你可以别说实话吗？

女友最近骑马减肥。这天她问马场管理员：奇怪，你们马场什么时候来了一头骆驼，而且是双峰的？管理员：不瞒您说，它不是骆驼，是上次被你骑过的马。

我才倒霉

妻：我真是瞎了眼踩到狗屎才会嫁给你。

夫：我才真是瞎了眼踩到狗屎才会娶你。

狗屎：我好倒霉哦！躺在那里都被你们俩给踩到……

如此恶心

知道自己有多恶心吗，当你妈妈第一次感觉到你的存在时……她吐了！

少壮不努力，长大带孩子

少壮不努力，长大带孩子；春眠不觉晓，醒来带孩子；举头望明月，低头带孩子；夜夜思君不见君，还得埋头带孩子；商女不知亡国恨，一天到晚带孩子；亲朋友好友如相问，就说我在带孩子；问君能有几多愁，恰似一天到晚没完没了带孩子。

你出来下

小时候长得丑，亲戚说："没事，长大了就好看了。"现在我长大了，呵呵，麻烦当年说那话的亲戚你出来下，我保证不把你打个生活不能自理！

有个美女窥视我

天冷了，照常每晚跑步，我是骑电动车到附近的大学操场跑步！最近发现一美女频繁出现在我电动车不远处窥视着我！暗自庆幸，过几天可以下手了！果然，过了几天我的电动车被盗了！

带孩子是个好行业

虽然睡得晚，但是起得早；虽然不起眼，但是责任大；

虽然不挣钱，但是花得多；虽然孩子小，但是屁事多；

虽然做起来累，但是看上去轻松；

虽然赚不到卖白菜的钱，但是操着卖白粉的心；

生娃前是高端大气上档次，生娃后是低调奋进接地气！

为啥女生不讲诚信?

我经常和声称要和她男友在一起一辈子的女生打赌：那要是你和你男朋友分了，你就当我女朋友。基本上每次都赌赢了，可是从来没有女生讲诚信过！

你敢再抽我

老婆对老公说你脸蛋红红的真好看。他听完泪流满面，激动地对她说：你敢再抽我一巴掌试试！

我感觉你是有故事的人

妈妈的关心

我总是喜欢在床上抽烟，经常被老妈说。今年过年在床上抽烟，又把被子点着了，我还很高兴地给女朋友发短信说："今年我肯定火，我把被子给烧了。"女朋友很关切地回信："那你妈没说你吧？"我短信回她："没有，我妈一进屋就很关心地问我，怎么没把你烧死啊？"

好体贴的男友

男生带着女友散步，路过餐馆。女友赞叹道："真香啊！"囊中羞涩的男生很绅士地说："如果你喜欢，我们再从饭馆门前走一次。"

我怎么可能做这种事

男友和朋友边走边聊，男友突然问朋友：你会为了 50 块钱而弯腰屈膝吗？他朋友愤愤道：我怎么可能做那种事呢？！此时男友快走几步，然后弯腰拾起地上的 50 块钱……

你电脑为啥那么重？

快下班了，我帮同事拿着她的笔记本电脑。我觉得特别沉，便说：小于，你电脑好重哦。她特别坦然地说：没关系，可能是程序太多了吧。我晕……

挑战自我

大一暑假时俩哥们儿闲得蛋疼，决定一起骑自行车从上海去杭州，且身上都不带一分钱。经过 14 个半小时的跋涉，俩人骑到了杭州火车站。疲极欲死的他们早褪了出发时的嘚瑟嚣张，只管拉住人就问："二手自行车要不？不贵，换张回上海的火车票就行。"

你脱光了试试

下班，去卖馒头，前面一哥们儿，拿了个馒头一捏，大叫："老板你这个馒头不是刚出笼的吧！都是凉的。"老板不屑地说："这么冷的天，你脱光了站在这里试试。"

你要闹哪样?

考完试以后，我突然对人生失去了信心。第二天去医院看心理科，医生说：“对不起，你这个病，当初考试画重点时老师说不是重点，我看不了。”

也许是同款呢

妻子整理房间时发现了一张丈夫和一位陌生女子的合影照片，便询问丈夫是怎么回事。丈夫不以为然地说：“这是五年前和女友的合影，早已经和她断绝关系了。”妻子大声地说：“难道去年我才给你织的毛衣，五年前你就穿上了？”

我是个要名声的人

宾馆服务员小王是个很机灵的小伙子，一天，他无意间推门进了一间客房，正好看见一个女房客在洗澡，为避免尴尬，他灵机一动说：“对不起，先生，我走错了房间。”哪料女房客不依不饶地大叫：“你眼瞎了？再仔细看看，我房间哪有先生，想坏我的名声是不是？”

电视剧看多了吧

一女孩和老爸去逛商场。女孩看上一套 800 多的衣服，老爸说：“喜欢哪种颜色，就都买。”最后买了三套，刷卡，出门，只听见一售货 MM 弱弱的声音传来：“这二奶真丑。”

伤不起的宅男

监狱里。

A：“嘿，兄弟，犯什么事进来的？”

B：“入室偷窃。”

A：“咋啦，被人赃俱获？”

B：“屁！货还没到手呢，刚进屋就冲出两宅男，亏我还观察那屋三天！”

说不准的爱

女A：“你和你男友谈恋爱这么久，他对你怎么样？”

女B：“说不准。”

女A：“怎么说不准？”

女B：“他一喝酒就说他爱我爱得发疯！爸爸说这是酒后吐真言，妈妈说这是酒后说胡话。”

说多了都是泪

一日在手机营业厅充值，排在前面的女孩儿背影很迷人，趁她转身时一看，果真是个美女。当她报号码充值时，我悄悄把她号码记了下来！晚上突然想起这个美女，于是鼓起勇气，发个短信：“交个朋友怎么样？”对方：“你是谁啊？”我回：“我是今天站在你后面充话费的。”对方：“噢，今天我女朋友帮我充的。”

谈个恋爱不容易

一位男子匆匆进来对店员说："哥们儿，暂时把橱窗里那件名贵大衣收起来好吗？"店员看在小费的分上，答应了，并怀疑地问："出现了什么情况？"男的说："等一会儿我女友要来买大衣。"

把握商机

一个人在繁华的大街上被汽车撞倒了，马上就有一群人围观。那个人神情恍惚地坐起来说："我这是在哪里呀？"一个街头摊贩说："先生，本地地图，5块钱一张！"

老公，我感觉你是有故事的人

和老公吵架我愤怒地把他喝茶的杯子往地上一砸怒吼："还喝水！喝屎去吧你！"老公也愤怒地回道："你个文盲！屎是用来喝的吗！屎是用来吃的！"

司机的脸都绿了

本人有一小姐妹开网店，有次被我约出来吃饭，然后我俩在出租车上闲聊。我说："我好几天没出门了。"她回我说："我也是啊，天天躺床上，睡觉在床上，吃饭在床上，做生意也在床上。"

心疼狗狗

今天在家训我家狗狗，训完后老公心疼地走过去，和狗狗语重心长地说："哎呀，你怎么敢跟老虎斗？你只是一只狗啊！"

活该单身一辈子

"姑娘，你是不是喜欢又高又帅、有幽默感、有房有车有事业、成熟稳重、时而温柔时而不正经、还爱你爱得死去活来的男人啊。""嗯，是啊。""活该你单身！"

我说错什么了吗？

今天给女朋友打电话问她在哪里了，她说在姐姐家。因为是晚上，我问她："你一个人睡，你姐夫和你嫂子睡，你羡慕不？"她大声说："你说什么？"我就大喊一声："你姐夫和嫂子睡一起你羡慕不！"她直接发飙了："你大爷的，你姐夫才和你嫂子睡呢！"

一文不值

一天和男友打车，我问师傅："到 ×× 小区多少钱？"师傅说："15！"我指着男友："那加上他两个人呢？"司机："还是 15！"我鄙视道说："早说你一文不值！"

这招好霸气

什么叫空城记？我妹刚才告诉我了：“就是你开着门开着电视到处去玩，贼也不敢进来……”

好玩的地方

前门附近，外地来京旅游的中年人拦住一个中学生问：“小伙子，这附近有什么好玩的地方吗？”中学生听后，指着前方说：“往前面走，有个地方很不错！”外地人：“我刚来北京你能带我过去吗？”中学生热情地引着中年人走了十分钟左右，在一个胡同口停下来说：“你看，那边有个网吧！”

你吓着我了

早上坐公交人非常多，司机大哥开始咆哮：“往后走！都往后走啊，那后面都没有人！”这时旁边一妹子问道：“大……大哥，你别吓唬我，你真的看不见他们吗？”

姐当年是不是做错什么了？

N 年前的晚上和一群朋友 KTV，其中有个女的喝高了，被男朋友背着动都不会动，姐很仗义地让那女的睡姐家，然后把人家男朋友给撵走了！姐很清楚地记得后来那女的很幽怨地看着姐说了句：“你丫到底是不是女人？”

一时竟无言以对

妈你听我说完

一对男女开车去学校接儿子，上车后，儿子说："妈妈，今天作业好多啊！"他妈妈从他书包里拿出作业，看了看，一把丢出车外，对儿子说："老师问起，就说家里着火了，作业被烧了！看看，这真是好妈妈。"结果儿子说："妈妈，我……我……我刚做完！"

你有没有同感?

超市的导购，就是当你只想逛逛时不断地向你推销产品，等你真正想买个东西询问时，却永远看不到他们身影的神一样的存在！

去吧，宝贝儿

听说，现在有钱人带女朋友去商场，都是直接大手一挥：“去吧，宝贝儿，想拿什么拿什么！”其实，我也曾经这样豪迈过——当年我也经常带女朋友去商场，然后直接大手一挥：“去吧，宝贝儿，想拿什么拿什么！……小心别让人逮着！”

勇气

什么叫作勇气？明知道拉肚子，憋不住了，还敢尝试着放个屁！

我好想知道了什么

发个去年期末的事。考试期间一片沉寂，突然有人说了句：“老师，我第八题看不清！”老师没理他，过了一会儿一学霸说：“老师我第八题 B 选项看不清。”就在此时，我默默地在卷子上写上了答案。

广告害人不浅哪

朋友发来一个健身视频说：“只要照着做就能迅速减肥！”我相信了他，结果一个月之后胖了十多斤。我打电话怒骂他骗人，他说：“你个傻 B，片头的吃比萨吃汉堡那些片段是广告，你不用照着做。”

避免了一场悲剧

护士甲身材一般，胸部平坦，一天对护士乙说："昨天晚上真气人，在下班回家的路上，一个男人突然把我抱住，想非礼我。"护士乙："天哪，后来怎么样？"护士甲："更气人，他松开手说：'倒霉，是个男的！'"

一时无言以对

女儿："妈妈，开心是什么意思？"

妈妈："开心就是高兴的意思。"

女儿："那关心就是不高兴的意思喽？"

谁这么缺德啊

一哥们儿最近上课总被老师提问，众人百思不得其解。今天他路过讲台，无意中瞥了一眼供老师点名用的座位表，顿时眼前一黑，不知道哪个二货在他的名字旁边写了："请提问我！"还配了个大大的笑脸！

多么痛的领悟

看到10岁侄子的QQ签名：所谓放假，不过是换个地方写作业而已……

这是有多胖啊

“天哪，你看！我过年实在吃太多辣了，下巴上长了一个痘，怎么办！”“是吗？我看看，在哪一层啊？”

不带这样的

对面寝室一哥们儿花了4000大洋买了一辆自行车，兴奋啊，骑着就去市区了。结果路上不小心牙给摔断了。翌日，骑车再去市区补牙齿，补完牙出来车丢了。

老妈我错了

两句话，由于大年三十晚上斗地主赢了我妈57块钱，我这几天瘦了三斤……

我又不是母鸡

今天早上我叫弟弟起床：快起来，公鸡都叫了。我弟弟瞥了我一眼说：公鸡叫干我什么事，我又不是母鸡……

我叫你一声你敢答应吗?

我：我叫你一声你敢答应吗？

男友：有什么不敢，你叫啊？

我：儿子。

男友：……

啊，多么痛的领悟！

霸道的老婆

同事是典型的妻管严，在家里没有一点说话权。

我说：“找一个这么霸道的老婆，够受了吧。”

同事：“没办法，只好忍一忍了。”

我问：“她什么时候才能闭上嘴让一让你啊？”

同事笑着说：“我切菜的时候。”

细节决定成败

我有一个同学，双硕士学位，心思缜密，前不久他去世界五百强企业面试，竞争极其激烈，他惨遭淘汰面试完毕临走之前，他捡起了地上的碎纸屑。这一幕竟然恰巧被 CEO 看在眼里。第二天，他就得到了录取通知书，成为了

该企业的一名正式清洁工，月薪近 2500！税后！所以说，细！节！决！定！成！败！

这膜质量真好

半年前这手机贴的膜质量真好，这么久了才弄花了一点儿。过年了嘛，想换张新的，工具准备妥当，在那儿刮半天硬是没弄下来……心想这膜质量真是没得说啊，这么久了还这么紧，仔细一研究才发现不对！啊，我的手机！我贴的手机保护膜呢，谁给我撕了？

啊，多么痛的领悟！

放假时期：我醒了不代表我起床了。

上学时期：我起床了不代表我醒了！

这也太坑了

男友去理发，他说给我吹个半干，果然，左边还在滴水，右边干了。

事实不一样

偶像剧里都是骗人的！昨天去接女友，她下了地铁，我远远朝她招手，她看到后就跑过来。我也张开怀抱准备迎接她，想象如同偶像剧里男女一样紧紧拥抱……事实是，我被扑倒了！……扑倒……

我瞎了

最近戴美瞳戴得我眼睛发干，拿滴眼液刚滴上，闭着眼让眼球滚动，一睁开眼，妈呀，什么都看不到了，我买到假药了，我瞎了，大哭，大哭，大哭。我爸走进来对我喊道，咋呼什么玩意儿，越活越倒退，停个电把你吓成什么样，什么样……我……

拿出来上炷香

说一个我闺密的，有次上班，她在电脑里翻出张前男友照片，被她办公室领导看到了，领导问道：男朋友啊，不错嘛！这二货当时脑子一抽，回了句：前任，拿出来上炷香！顿时，整个办公室安静了……

爸爸，你可以省钱了

“爸爸，你可以省钱了！”

“省什么钱？孩子。”

“今年你不用再花钱给我买课本了，我已经留级了。”

爸，你是猴子请来逗比吗？

今天在家看《封神英雄传》。

妈：你看这妖精和神仙就是有区别，妖精永远都是坏的。

爸：妖精哪里坏了，也有好的。

妈：妖精哪里有好的，你看这狐狸精多坏！

爸：鸡精和味精就挺好的！

爸，你是猴子请来逗比吗？

孩子你太入戏了

去建行办卡，遇见一个小孩和她爷爷。刚好押款车到了，走下来几个押款的，拿着枪，戴着绿色头盔。这孩子赶紧和她爷爷说：“爷爷，快跑啊，鬼子来啦！”估计几个押款的郁闷得够呛。

醒酒的东西

酒店里，男友喝完酒对服务员说：“我想我是喝多了，能给我拿点什么醒酒的东西吗？”服务员说：“好的，您稍等，我这就给您去拿账单！”

你是混黑社会的？

奶奶和爷爷是一个村的，两个家族人口挺多，我是两个家族中孙子辈的老大，昨天男朋友第一次上门拜年，我这一辈的全聚齐了想看看未来姐夫。当我领着他下车，往家里走，二三十个弟弟妹妹围过来恭敬地喊：“大姐、姐夫！”我男人一脸惊恐地看着我：“你是混黑社会的？”对！没错！我还是扛把子呢！

这是个什么意思?

今天家里人带我去相亲，见面儿那女孩也挺不错，挺内敛的，看似一切都挺顺利，就留了个QQ号各自回家，回到家欣喜若狂地加了女孩QQ，赫然看见签名“从今天起这些媒婆就是我最大的仇人！”……这是个什么意思？

我媳妇怕生

“你媳妇怎么没来？”

“不好意思她怕生，所以我一个人来了。”

“你一个人来有个屁用啊！”产科大夫生气了。

你这是栽赃啊

男朋友晚上来我家，我的淘气弟弟见了男朋友就跑过去，拿了包烟递给我男朋友说：叔叔，给你烟。结果男朋友接过烟，弟弟就喊：爸，叔叔把你的烟抽没了……

你是不是有特异功能?

“你的身体是不是有特异功能？”

“没有！”

“那为什么从你那细小的嗓子里会吐出那么多粗话。”

我没说我晕车啊

和媳妇一起坐长途车，路上颠簸。突然一阵恶心感袭来："媳妇，我想吐，赶紧给我找个袋子。"媳妇递给我一个黑色塑料袋："你以前不是不晕车吗？"我接过袋子直接套在了她的头上："我没说我晕车啊。"

你们也是来接老婆下班的？

一个小伙子站在百货大楼门前低头摆弄着手机，很多人以为是商场有优惠活动，纷纷在他后面排起了队，而且队伍越排越长。等小伙子玩完手机，回头一看，吓了一跳："你们也是来接老婆下班的？"

我在太阳北边

二货同学来找我不认路，我去火车站接她没找到她，打电话问她身边有什么好点的标志性东西，她说："我在太阳北边……"大中午头的，整个城市都在太阳北边！

天啊，杀了我吧

最感动的事莫过于收到大学同学给我的生日礼物；

最难过的事莫过于货到付款；

最想死的事莫过于在公司打开以后发现是个充气娃娃！

天啊，杀了我吧！

年轻人你太腼腆了！

谁说我做菜难吃

同事们说我做菜不好吃，今天我特意照着网上的食谱做了一桌新菜让他们过来尝尝，结果都被他们给吃光了，临走时他们很激动地对我说：“妈的，六个人你就做了一个菜啊！”

乐观向上的人

今天找工作，要面试，主考官问我：“能否说一说你有什么长处？”“我是一个思想积极、乐观向上的人。”“哦？能否举一个例子呢？”“当然可以！我什么时候开始上班？”

彻底投降

昨天高速堵车 13 个小时，一宿没睡！今天女儿一直缠着我陪她玩，瞌睡……遂计上心来："宝贝 ，我们比赛谁先睡着吧？""可以啊。"我刚睡着即被摇醒，"爸爸，你睡着没？""爸爸，这次你赢了，我们再来。"反复数次，彻底投降！

我和旺仔哪个重要？

老婆喜欢喝旺仔牛奶，昨天晚上她看电影就让我给她拿罐旺仔，一时兴起，问道："老婆，在你心里我和旺仔哪个重要？"老婆想都没想就回答："肯定是你咯。"心中窃喜中……"你每天可以给我买旺仔，旺仔又不能每天给我买老公。"

看得我都惊呆了

都说说手机都把现在的年轻人毒害成什么样子了？我未婚妻 27 岁，晚上吃过饭，就觉得肚子不舒服。在床上躺了一会儿，就开始干呕，她赶紧下床往厕所跑，要去蹲厕所。就是这样，还不忘颤颤巍巍地去把充电的手机拔下来拿走了……看得我都惊呆了……

老娘叫我起床

放假回家睡懒觉（独立的房间在楼上，老妈在楼下），早上被老妈喊吃饭，

首先是："幺儿，下来吃饭。"不应，然后就是喊我名字，不应，然后就是一声怒吼："小杂种，老娘帮你做起饭了，还不滚下来吃饭。"被吓尿的我就战战兢兢地睁开了眼睛。

大过年的上个网容易吗？

过年回家，家里没有网，于是冒着东北的严寒跑去网吧上网，上完出来，发现电动车的前胎被冻住了，比锁着还结实，怎么也推不走！后来硬是被我踹开了……高潮是旁边站了一对情侣，一直在给我出招……大过年的我上个网容易吗？

内在美的人

忍不住夸赞同事："你跟我一样节俭啊，过年也没给自己买件新衣服。"他争辩道："我给自己买了新内裤，我注重内在美！"

好忧伤的青年

每当又写不下去的时候，我总会拿出镜子看着这张帅得让别人活不下去的脸大声地告诉自己："你是最棒的！"有时还会泡杯浓郁的拿铁，或者看看窗外放松自己。老师："这位同学，我忍你很久了！这是高考，快回座位考试！"

这下糗大了

最近感冒，起床时老是要擤鼻涕，出去的时候把纸巾拿出去扔。我爸看见了说：“这么大的人了要注意点！”等等，爸！你眼神好像不对呀，我真的是擤鼻涕好不，要不你看看！

老婆你听我解释

从大年初二开始就在老婆家蹭饭，今天中午我下班去吃饭，一进门就看见一穿红衣服的妹子在扫地，我二话不说上前就对着屁股摸了一下。只听见“啊”的一声，不对啊，我老婆怎么从里屋出来了，后面还跟着丈人和丈母娘，定睛一看竟然是小姨子。老婆一家人看我那眼神我只能说让我感觉好冷，老婆还说晚上要我好看。天哪！老婆你听我解释啊，我不知道你妹妹穿着你的衣服啊。

这熊孩子

闺密来家里了，晚上安排睡的地方。我对儿子说：“你和爸爸睡一卧室，妈妈和阿姨睡一块儿。”儿子不乐意就说：“让爸爸和阿姨睡，咱们两个睡行不行？”他爸当即大笑说：“我没意见。”剩下闺密一阵凌乱！

好大啊

昨天和正在暧昧的妹子微信闲聊。妹子去了东南亚某地旅游，她说：“想看性感照片吗？”我说：“想！”她发来一张沙滩上的泳装照，我说：“好大！”她说：“这个角度不算大啦！”我说：“……的一片海！”

你才隐身了呢

上高中时，学习不咋好，坐倒数第二排，我一铁哥们儿坐倒数第一排。一自习课上，我正埋头聊着QQ，哥们儿从后面传来了他那猥琐的声音：“辉，你隐身了啊？”我回头告诉他：“隐你妹，我不坐这儿了吗！”全班同学大笑！

亲生的啊

是谁说跟妈妈说饿了，妈妈就会立马做饭给你吃的！就刚刚，我跟我妈说：“我饿死了！”我妈看都没看我，回了一句话：“我比你还饿！”

我给你打个样儿

怀孕三个月了，昨晚半夜突然想吃面，可是吃了一点就吃不下了，剩下的给老公吃，谁知这货吃完面，又吃了各种水果、干果、零食……我说老公你怀孕啦？这货说，怎么了。我说你怎么比我还能吃。这货一本正经地说：我给你打个样儿……打个样儿……

年轻人你太腼腆了

一年轻人闯进保健品商店呆呆地站在商品栏前，老板没好气地问，买啥？

年轻人羞得满脸通红，我来找人的！老板好奇地问：找谁来？年轻人蚊子般的声音：毕云涛。老板拿下一盒 TT，递给年轻人：现在的小年轻真幽默。喏，这就是你朋友，30 块，领它走。

好高难度的姿势

大学快毕业的时候经常在宿舍喝酒，由于有的舍友在外实习回来一次不容易，大家都特别珍惜一起喝酒的机会，有一次接近尾声的时候，一个哥们儿去了厕所，过了十几分钟还没出来，我们都进去看，惊人的一幕发生了：他脸对着茅坑，屁股在外面，看见我们都进去了，然后淡定地说了句："没事，没事，我拉个粑粑就出去……"

你中枪了吗？

上厕所长时间没出来的可能性有四种：

1. 思考人生。2. 便秘。3. 没带纸。4. 有无线网络覆盖。

这是我亲生的吗？

今天 3 岁的女儿拿糖给我，叫我帮她撕开包装袋，我装作不情愿地说："除非你给粑粑（爸爸）亲一下，粑粑再帮你撕开。"女儿听后，果断扔掉糖果，漫不经心地说："我不要了！"继续看她的电视！

机智的姑娘

表哥家的姑娘今年高二，过年看上了一件 600 多块钱的衣服，她妈不给买，姑娘闹了一阵后忽然冷静地说："不给买就算了，我让我同学给我买。""瞎说，你同学凭啥给你买？""我和他搞对象，他肯定会给我买的。"她妈二话没说直接去买了，连价都没还…

世界上什么最不怕冷

妈妈去幼儿园接小胖回家，两个人聊上了。

妈妈："宝贝，你知道世界上什么最不怕冷吗？"

小胖："妈妈，是鼻涕。"

妈妈："为什么是鼻涕呢？"

小胖："我发现，越是冷的天气它越往外跑。"

这是亲妹啊

昨天在家看到板凳上有颗钉子，我说要是一屁股坐下去屁股就废了，我妹妹说，姐你坐上去不会流血，流出来的都是油……

熊孩子

早上看见邻居大哥在揍孩子，我上前劝解：大过年的打孩子干吗啊？邻居大哥怒气冲冲地把我带到他新买的车子后面一指：你看！我看了顿时笑喷，

大哥的汽车排气管被熊孩子用一个大爆竹炸成了菊花状……

结局你们猜到了

大过年的不作就不会死……话说这几天冷，想起以前在门口的水泥路下坡上溜冰可爽了，于是乎，昨晚屁颠屁颠地拎了三桶水泼上去，今早早早地爬起来看着上面亮晶晶的冰层，然后一个助跑，然后……结局你们猜到了，现在医院呢，哎呀……慢点……疼……疼……死都不能让别人知道真相……

过几天再说

表哥家有 3 岁小萝莉一枚，就刚刚，听见小萝莉跟她爷爷说：爷爷，妈妈嫌我事儿多，说不要我了，爸爸也不要我了，我跟爷爷奶奶睡吧，我会乖乖的。然后她爷爷问：如果你爸爸妈妈现在想你了怎么办？小萝莉略带轻蔑地说：哎，现在我还在鄙视他们，这事儿过几天再说吧。孩子，你才 3 岁，这么屌，难怪你妈嫌你事儿多！

呆萌段子大集合，让我先笑会儿

用英文怎么说?

上英语课，老师让同桌用英语讨论关于“美国发射核武器事件”，我就问了同桌“发射”英文怎么说？只见这他沉默了许久，认真地对我说：“biu……”

我就你这么一个爹

大学时，经常和一室友斗嘴。有一次，不知怎的，我急了，开始人身攻击：我就你这么一个儿子！他毫不示弱，马上回击：我就你这么一个爹！剩下的只有沉默。

你们发了多少年终奖?

发年终奖了，哥们儿问我：“你们发了多少年终奖？”我：“《辞海》你见过吧？”哥们儿：“那么厚，真给力，那得多少钱啊。”我：“就跟买那书的钱差不多。”

会不会聊天

今天早上玩微信“附近的人”，一个 13 岁初一的小萝莉加我。一上来就问我数学题乘除法，本着雷锋精神我一一解答，还骄傲自满地说我以后可以辅导女儿到初中了，那熊孩子给我来了一句：“叔叔那你也要先找到女朋友呀。”会不会聊天！懂不懂尊老爱幼，知不知道人艰不拆！你告诉我你家住哪儿，我保证不把你朋友圈里跟男朋友秀恩爱的照片给你妈看！

真有夫妻相

家里急着给找对象，明天要我相亲去。一个工作还不错的女的，一看照片真丑。然后再对着镜子，看看镜子里那货，真有夫妻相……

艳福不浅啊

刚才跟朋友去打台球，然后碰见一妹子在我旁边晃来晃去，我还以为怎么回事，过了一会儿，妹子低着头羞涩地对我说，帅哥能把 QQ 号给我吗，我愣了一下，淡定地给她了，朋友说我艳福不浅，我说见笑了，结果，那妹子在

楼下大喊一声，再也不玩真心话大冒险了。

真想说，下次吧

一到年底朋友结婚都挤在一起了，接到邀请参加婚礼的电话真想说，下次吧。

孩子你好机智

公交车上，一个老太太问旁边的小孩：“你在哪里上学啊？”看到孩子没吭声，妈妈说话了：“奶奶问你呢，怎么不回答，傻了你？！”孩子抬起头说：“你问我。”他妈没好气地问：“你在哪里上学啊？”熊孩子马上答道：“你每天接送四次还问我，傻了你？！”然后，被劈头盖脸一顿暴打，真是个机智勇敢招人待见的好少年！

屌丝伤不起

别人的孩子都会买手纸了，我的孩子还在手纸上。神回复：别人的老婆都会生气了，你的老婆还要充气。

放手好吗？

姑娘紧紧抓住他的手问他：“你会像这样永远牵着我的手吗？”他哭着对车窗里的姑娘说：“你松手行吗？火车已经开了啊。”

新技能get

某网友对商品不满意的话一般都会打五星，并评价：“店主附赠了很多有趣的东西呢，物超所值太多了！五星！”然后过一阵子去那家店看评论，就会有很多质问店主“为什么给我什么礼物都没附赠？”的四星。

还砸啊？

初中时，一次物理老师上课，一同学睡着了，老师在黑板上用粉笔砸了他一下没反应，又砸一下，还没反应，又准备去砸，这货很大声地说：“老师你都砸我两次了，还砸啊？你以为我睡着了不知道啊，我只是眼睛小睁开不明显罢了。”

你挡我财路了

“小子，你挡我财路了，你会死得很难看你知道不？”“这位大叔，我只是在这里等朋友怎么就挡你财路了？”“小子还嘴犟？你看看你蹲在这里才几分钟？别人丢给你的钱比丢给我的还多了！”

气急败坏

手机停机，然后用银行卡交费，需要手机验证码，手机在停机状态下又收不到验证码，气急败坏地尝试了两次后才发现自己陷入了一个死循环。

怜香惜玉的我

今天在路上看见一女生蹲那儿哭得梨花带雨，我问她怎么了，她伤心地告诉我："我好难过！刚在公交上钱包被人偷了，呜呜呜……"我心里很不是滋味，很着急，于是摸着她的头，关切地告诉她："难过就找一个没人的地方哭吧，你挡我道了！"

老爸好自恋

两个月前我帮爸爸买了个相机，初衷是希望他在家没事能上网找点教程自娱自乐一下，没事看看风景什么的，感受一下世界的诸多美好。刚才我把相机翻出来，进相册发现全是自拍……心很累，我想找个没人的地方一个人静一静。

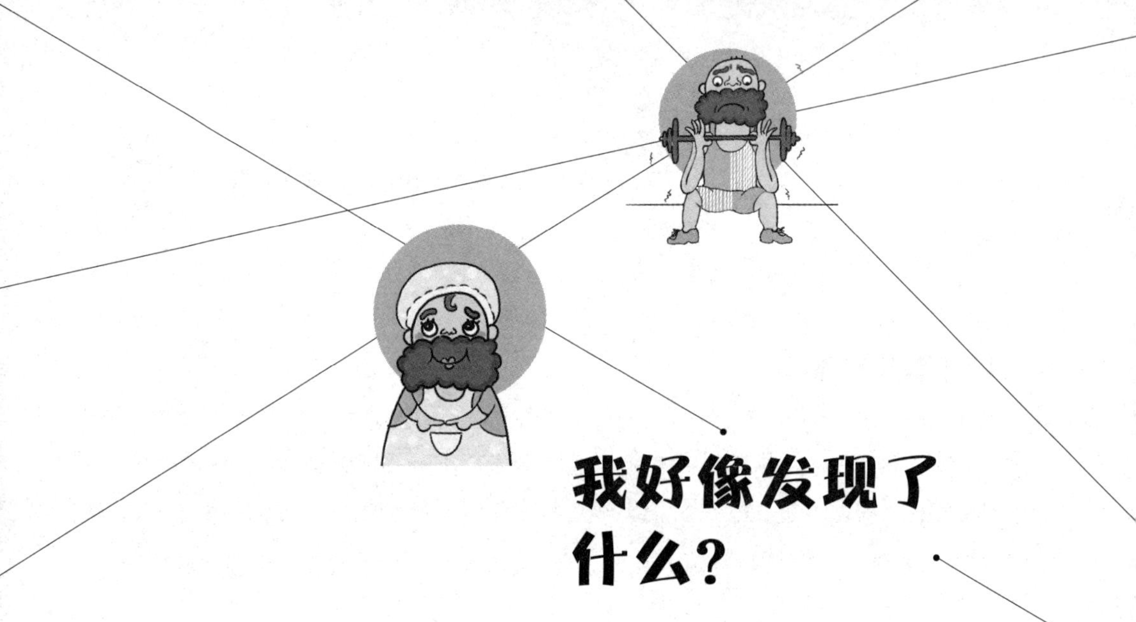

我好像发现了什么？

我的要求很简单

对我未来的孩子，我的要求很简单。走路晚点，说话比其他孩子迟点也无所谓，邻居告状，老师隔三差五叫我去这都不算事。甚至可以和长辈顶嘴，或者抽烟、喝酒、上网打游戏机我都不管。只要他长得不像我，其他的都可以商量。

凡事都要往好处想

凡事都要往好处想。比方说，媳妇出轨了，以后生出孩子或许能好看点儿呢？！

我不在乎那一两万

朋友正在睡觉。一个电话响起，说恭喜你，你中奖了，奖品是苹果笔记本电脑和13000元人民币，然后他继续操着一口不标准的普通话和我朋友说快来领奖，各种烦人，朋友弱弱地告诉他，今年我都中了几千万了，我不在乎那一两万，对方默默地挂电话了。

我要减肥

过年这段时间里，几乎所有的女孩都会说：我要减肥，过完年开始。

二货同学

大学的一二货同学，英语巨差。去参加法律英语考试，第一题是左边一列中文，要求翻译成英文，右边一列英文，要求翻译成中文。考试结束，老师说教了这么多年书，没见过勾完重点还考8分的，那第一题是翻译，不是连线题啊，不是连线题!

岁月的痕迹

每年回老家过年最怕的，是要感受那种岁月冲刷的苍凉。比如路东口的那棵白桦树还在，却粗壮多了；比如地下室里那辆曾经威风八面的自行车，现在一吹尘土飞扬；比如去自己的房间，看见曾经读过的书睡过的床；还有楼下大保健店里拉活儿的小妹，以都亲切地唤我“弟弟玩玩嘛”，这次竟然跟我说

“大哥要不要……”

幸运还是不幸？

一句话道出人生最大的悲剧和幸运：“我是我妈去打胎的时候忘带钱，才活下来的……”

别问我吃什么长大的

别问我吃什么长大的，老子我是吃动植物尸体长大的。

跟老师谈得怎么样？

高中时，平时我们出去玩只能翻墙，但只有一位同学是直接从大门走出去的。他个儿不高，有点胖，喜欢穿西装，络腮胡子也不刮，每次出去的时候保安都问他：“跟老师谈得怎么样？”只见他一拍大腿，满脸哭丧相骂道：“我这个娃儿操心得很，一天到晚就晓得打架！来，给根烟抽消消气儿……”

别提了

女友：“最近老没见你，去哪儿了？”男友：“嗨，别提了！前天我们出去喝酒，我哥们儿喝高了跟邻桌的打架，我怕他吃亏，打了110，警察把我们都抓走了。”“他们打架的肯定拘留，怎么你也进去了？”“没跟你说吗？我打了110。”

我保证不打死你

没事抱着 8 岁的外甥女教育：“你长大了要找个像舅舅一样的男人嫁，知道不？”外甥女答应：“嗯。”刚把她放下，她又跟我说：“可是舅舅，我还是喜欢比较帅的。”

为什么下雪？

问：开学或上班前夕为什么下雪？

答：1. 揭示了故事发生的背景：苦难和无奈；

2. 渲染了凄凉的气氛；

3. 暗示了主人公悲惨的命运；

4. 揭露了凄惨的社会环境；

5. 为即将开始的悲惨故事埋伏笔。

用生命去验证

我住在一个 30 年前修建的小区里，老鼠泛滥，所以平时在窗台上放有粘鼠板，昨晚不知怎么还是进了一只老鼠，吵得我睡不着。于是今天我又放了一个老鼠夹到粘鼠板边，放好后，我想伸手摸摸管用不，然后，多么痛的领悟……不说了，我先止住血。

群发的我不回

老师：“寒假作业怎么不做！”我说：“群发的我不回！”

我就知道你不值钱

我弟今年5岁，特别娇气动不动就爱哭，一天他突然问我：“要是有一天家里没钱了，爸妈会把你卖了还是把我卖了？”我毫不犹豫地说：“肯定卖了你。”本以为这小破孩一定会哭，没想到他咧嘴一笑：“我就知道你不值钱……”

彪悍的人生不需要解释

去男友家里，他家亲戚都给我塞红包，实在不好意思拿，推托了好久，彪悍的小姑子初中生一枚，直接帮我代收，然后给我，有亲戚没给的，她就说，大家都给了，你的呢，怎么也意思一下啊。真心hold不住，男朋友直接躲进房间不好意思出来，完事之后小姑子拉着我找个角落激动地说，嫂子赶紧数数多少钱。彪悍的人生不需要解释，有这样的小姑子我笑了。

被俩小朋友雷到了

放学回家，俩小朋友在马路上对喊“我爱你！”“可是我不爱你啊！”“不行你也必须要爱我！”“我就是不爱你！”“既然这样，那好吧，把你的数学作业给我抄……”“好吧我爱你。”我站旁边被雷了，我只是个路过的啊，为什么感觉不会爱了……

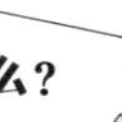

我一定是充话费送的

我躺沙发上贴黄瓜片休息，老爸在看电视。我说道："能不能不看这个打仗的，看点儿别的。"老爸看了我一眼，说："你眼睛上贴着黄瓜还能看见啊？"我说："我有个眼睛没贴，能看。"老爸"哦"了一声就去厨房又拿了片黄瓜片把我另一只眼睛也给贴上了。

我好像真不是亲生的

昨天晚上下雪，我是寒假起床困难户，早晨老爸叫我起床，果断假装睡觉，过了一分钟老爸去而复返，掀起我被子扔了个雪球就跑了，我好像真不是亲生的！

大叔，你为何这么逗

过年了去给过世的老人上坟，去买纸钱，面额有一千万的、一百万的，也有一万、一千的，我就光拿面额大的，都拿一千万的，这时候卖东西的说话了，你都拿大的，没有小的他怎么用啊？你不怕他打麻将没有零钱，找你要啊？

你们知道那笑声多刺耳吗？

为他的学习，我错了吗？

弟弟上初中了，我对弟弟说：“弟弟，你也不小了，有些网站当哥的我也该告诉你了！”弟弟面色羞红地跟我说：“哥，这样不好吧！”然后我把网站告诉了他，他激动的打开电脑，输入了网址，只见上面标题写着《初中生知识竞赛题》，然后他就不认我这个哥了！

大一到大四

大一的时候：兄弟，你 QQ 里面有没有美女？介绍给我。

大二的时候：兄弟，你 QQ 里面有没有女的？介绍给我。

大三的时候：兄弟，你 QQ 里面还有没有人？

大四的时候：兄弟，你过来一下。

说谁娘炮呢?

下雨天你们打着伞时，会无意识地旋转吗？我常这样。

——会的会的！但是老是被人说娘炮，唉，你们都不知道我旋转起来小碎花裙子展开后有多美！

屡战屡败

朋友追 MM 屡战屡败，却仍然屡败屡战。一日，我打趣他：“你什么时候能让她点头啊？每次她都摇头，哎，我都看不下去了。”他一脸认真地说：“也有例外的！每次我问她周末是不是很忙时，她总是点头！”

中午去同学家玩

中午去同学家玩，她特乐呵地亲自下厨让我尝尝她的手艺，然后做了满满一桌……可是，我吃了一口后，那个，唉，其实……其实我不太饿……

算你狠

在宿舍无聊中……

突然舍友 A 对 B 说：叫爹！

B：汪汪！

你真是伤敌一千自损八百……

后来

闺密一直跟我诉苦说她男朋友对她不好，我就劝她甩了再找一个。突然有一天，她说有个男的对她特别好，但她还是舍不得她男朋友。我就鼓励她，各种开导，后来……后来我就没有男朋友了。

妈，我是你亲生的吗？

昨天我发高烧，意识模糊，奄奄一息地躺在床上，我妈心疼我，躺在我旁边陪着我，用双手一遍又一遍地抚摸着我的额头和脸颊，正当我要被着浓浓的母爱感动到落泪的时候，我妈开口说道："冷死我了，这温度正好给我暖暖手。"

帮哥们儿搬家

男友哥们儿搬家前，打电话请男友帮忙。他说："哥们儿，酒菜我都备好了，过来帮我搬家吧！总共也就 50 米远。"男友爽快地答应了，到了地方才知道确实最多 50 米，要从一楼搬到七楼啊！

机舱气氛很紧张

有次在飞机上，遇到乱流了，那颠的，几个女乘客都哭了，机舱内气氛很紧张。我按了服务灯，人家空姐摇摇晃晃走到我跟前，关切地问："先生请

问您怎么了？”我说：“再给我来份饭，要鱼肉的。”哥忘不了空姐那幽怨的想要杀我的眼神。

遗嘱自己写

楼主最近得流感，发烧到 40 度。话说我昨天早上又开始发烧，烧得我在床上胡言乱语……大喊：“妈，我要死了！等死了把我器官都捐了，骨灰给我撒海里！”这时只见一张纸和一支笔落到了我脑袋上，然后远处悠悠地传来一句：“记不住！自己写！”妈，我是你充话费赠的吧！

开过光的

“我这串佛珠是开过光的。”

“嘁我这张彩票还是开过奖的呢。”

前女友结婚

昨天前女友结婚，邀请我去了。见了好多老朋友很开心，酒过三巡也不知怎么的脑子突然短路了，站起来来了句：“新娘的前男友站起来，我们喝一杯！”于是，一半的人站起来了，永远忘不了新郎当时的表情……

我这么重要啊？

大学恋爱的时候，一次晚上散步，刚好受台风影响，学校里狂风大作啊！

他把我搂在怀里，嘴里还念念有词：这可要把你抱好了！我于是被感动得眼泪汪汪啊！深情地问：我这么重要啊？那货答道：是重！拉住你我就安全了。

我不清楚

在宾馆餐厅，男友对服务员说："你能告诉我，你们餐厅的桌布多长时间换一次？""对不起，我不清楚，我到这里工作才三个月。"

隐藏得好深啊

我朋友过年没事做，开他老爸的车去拉客，路上遇一个青年等车，就上去问："大哥，去哪儿？要不要捎你一段？"那大哥说："我去 ××× 路。"然后朋友就以 10 块钱的价格把他送过去，到了地儿，那青年拉开羽绒服，露出交警衣服，拿出个小本本，然后就没有然后了！

我不嫌你脏

我喝了半截饮料的杯子，妹妹随手拿起来就咕噜咕噜喝完了，我正诧异，妹妹淡定地说了句：没事，我不嫌你脏，你待过的肚子我都没嫌弃。我凌乱了，其实我想说，你给我留点儿……

背得真好听

老师抽背朱自清的《荷塘月色》，抽到一同学。

该同学：“老、老师，我背不熟，还是唱吧。”

一阵歌声传来：“我像只鱼儿在你的荷塘……”

这下糗大了

我是个非常有正义感的男人，昨天，我在公交车上看见一个男人偷偷摸摸地摸一个美女的屁股，那女的面红耳赤的，不敢吭声。于是我怀着见义勇为和正直的心，就过去了，对那美女说：“老婆我们到了，该下车了。”结果那女的当时一脸惊讶的表情看着我，然后转头，对摸她的那个男的说：“老公，我不认识他呀！”

哥们儿，别说我认识你

有个朋友，语文水平堪忧，有一次我们去动物园，看见一条蛇。蛇滑溜溜的，看着让人既害怕又恶心，这时朋友很大声地来了句：“你说这么恶心的东西，怎么还会有人咬蛇自尽呢？”

上了这么多点心

上班时间，我正玩手机呢，经理走过来拍拍我的肩膀说：“工作得上点心啊！”我对经理点点头，拿起电话就打，要了日式抹茶、草莓大福、酸奶紫薯、椰蓉糯米、豆沙芝麻。

果然够懒啊！

妈妈指责女儿道：“你太懒了，脏衣服放了好几天还不洗！”女儿辩称：“这几天作业多，没时间洗。”“拉倒吧，我还不知道你？”妈妈言之凿凿地说，“想当年我怀你的时候，别人家孩子都踢妈妈，就你从来不踢，你打娘胎里就懒。”

你别走，我要杀了你

一次坐公车，我玩手机让朋友提醒我到站下车，不知道到了哪个站，车门开了后，朋友急忙拍我：“到站了，别玩了！”我和他刚下车，他就又从后门跳回车里，然后车就开走了，我永远忘不了当时他在车里那贱笑的表情！

只想做个安静的逗比

你卡里的钱满了

今天我让好朋友给我打点钱，我把卡号给他，到了下午他还没给我打，我就问他："怎么还没打呢？"他淡淡地答道："你卡里的钱满了，打不进去。"

这菜味道怎么样啊？

老婆出差，老公不得不亲自给儿子弄吃的。费了千辛万苦，饭菜上了桌。

爸爸："儿子，这菜味道怎么样啊？"

儿子："不知道，刚刚吐得太快没尝出来！"

化学老师走过

隔壁班性感的化学老师走过，小明悄悄和同学说："看，那美女……"话没说完，女老师转过头瞪着他问道："那美女怎么了？"小明愣了一下，淡定地答道："钠镁铝硅磷，硫氯氩。"

原来是这样啊

和朋友去 KTV，一哥们儿喝大了放着嗨曲，就去中间蹦跶，蹦着蹦着趴地上，各种动作、姿势，我们都鼓掌叫好，我还说，这小子啥时候去练的街舞啊，等音乐放完了，大家都拍手叫好，这哥们儿哭了，边哭边喊："你们这群禽兽，老子摔倒站都站不起来了，你们他妈的还鼓掌啊？"

这招也太狠了

公交车上，一女孩踩了我一脚却白了我一眼："看什么看？"我看了看她："不好意思，不过你长得真像我初恋。"女孩问："真的吗？那你们为啥分手？"我说："我老妈不赞成我搞基。"

去拉面馆吃面

有一朋友去拉面馆吃面，吃了一口吼来服务员说：你们还有盐没？ 服务员说：有，我这就给你拿去。 朋友说：不用了，我以为你把盐全部放到我的碗里了。

尴尬的年纪

这年纪，早恋吧太晚，结婚吧太早。跟小孩子放烟花吧太幼稚，跟大人聊天吧没有共同语言。在家吧太闲，出门吧没钱。家里来人了不知道怎么聊天就进房间我妈说我没礼貌，出去杵在那儿我又太尴尬。不帮忙又不像话，但是炒菜我又不会。自从放假回来我就一直遭嫌弃，突然发现过年过节最惨的是我好吗！

历史考试

监考期末考试，历史科，一学渣突然拿出一张十元人民币，看了一眼果断在卷子上写了答案，走近一看原来题目是："毛泽东出生在哪一年？"我只能赞赏地看了一眼，太他妈机智了！

爸，老师让我退学

"爸，老师让我退学。"

"为啥？"

"我今天上课又睡觉了。"

"这算啥，我读书的时候上课也经常瞌睡啊！"

"这么说，你也有裸睡的习惯？"

路见不平一声吼哇

今天看见电视上的《水浒传》，突然想起来一件事，初中的时候考试，语文填空，说路见不平，下一句填什么。你们没有猜错，我填的是“一声吼”……

现在的小朋友

今天在西大街等朋友去小寨，突然过来一个十二三岁的小孩，可怜兮兮地说，姐姐，借你电话用一下，我手机没电了。我就把电话借给他了，他拨了号放在耳朵旁，大喊：救命，救命。然后把手机扔给我拔腿就跑，我拿过手机一看，我去，他打的 110，让我逮到你非把你屎打出来不可！

不用谢我

各位家长请注意，如果 2 月 14 日，你的孩子，剪好头，穿着齐整，还把类似口香糖的物体塞进钱包，女的抹胸，比平常戴大一号胸罩，喷香水。不用猜测了，你们子女，都去约会。请当天家长锁好家里门窗，没收孩子们的手机。忽视细微的动作，可能让你们多了个孙子，如果还不放心，请把你们的女儿，放在我家一晚。

高富帅男友

男友是个高富帅，家里有个固定高收入的农场和牧场，还养了条苏格兰牧羊犬看农场，请了个女巫看牧场，还有 10 辆法拉利跑车，还有几个奴隶。

自己身价也高，还有一家自己的餐厅，一家超市，也是高收入。可是，自从他的 QQ 被盗了，他什么也没有了……

哥们儿你摊上大事了

路口，一大众和宝马 7 系在等红灯，对面一捷达抽风似的直直冲过来，看着就要撞到 7 系了，一个转向要去撞大众，接着又大喊一声“辉腾”！猛打方向盘撞翻了旁边一小板车。捷达车主马上下车赔笑：“那俩撞不起啊，只好撞您板车了大叔，呵呵。”结果低头看到散落一地的切糕……

你是得多不招人爱啊

我觉得我妈妈是我见过最好的丈母娘，我是独生女，我妈妈对我找对象就一个要求，对我好就行！不要男方买车买房，结婚前不让收男方的任何东西，就算吃饭，也要我请男的，哎！可是这样了，我咋没人要呢？

你这招也太损了

那年，他考上了高中，他爸把猪卖了。

那年他考上了大学，他爸把牛卖了。

那年，他恋爱了，他爸去卖了好多次血。

那年，他毕业了，丈母娘说：买房子结婚，要不分手。

于是那年，他爸爸走路摔倒了，被好心人送去医院……

结果，他终于有钱结婚了！

相亲的部队归来了

大年初七了，北京将迎来首批名媛贵妇返城高潮。不管过年在村里装得多温柔多淳朴多善良多大方，这个时候都要，回城里！走国道，跨大桥，踩二环，脱掉花棉袄，军大衣，穿上假皮草，到本色！Mix！Vics！到三里屯打卡！回到王哥，张叔，uncle，爹地的怀抱，名字也从妮子，二蛋，大伟，春花，狗子，狗胜，狗蛋儿变回了Mary，Kenny，Kevin，John，Johnson，Sam，Ken！

果然会出人命

我有一哥们儿一边抽烟，一边咳嗽不止……

我说："你都咳成这样了，怎么还不戒烟呢？"

哥们："戒不得呀！戒了就会出人命的！"

我问："哦，为什么？"

他说："我媳妇说，我这辈子要是能把烟戒掉，她就去死！！"

划自己的车，让别人无处可划

我老爸的车上不知道被谁用石头划了几道痕。老爸也没在意。车子在家楼下停了一会儿，老爸又发现多了几道痕，就露出一脸很无奈的表情，我妹妹不知道怎么理解了老爸的表情，天真地叫道："是我划的！"老爸一脸错愕，"我把车子划满别人就没地方划了"……划了！老爸瞬间凌乱了！

其实他只想要钱

看见一个乞丐跪在地上，身前用粉笔写着：求好心人给几块钱吃饭，好饿。下面还有密密麻麻一大段，写的是：煎饼别放香菜烤串别放太多辣，吃剩的盒饭就别给我了，啃一半的烤玉米也不要，汉堡里请剩点肉好吗？还有韭菜馅包子那是人吃的东西吗？总之大家啥也别给我买了，请给我钱，我自己去买！

开胃的一句话

一哥们儿最近老是说自己没胃口，于是有人问他："最能让你开胃的一句话是什么？"他弱弱地说："我请客！"

我说得对吗？

一女聊友和我聊天，说："我家弟弟房间比我的大，床也不是单人床，是不是重男轻女？"我果断回复："不是，那是你爸只允许你弟弟带人回家睡觉，不允许你带别人和你一起。"

真为你的智商着急啊

我好像知道了什么

晚饭没吃饱，去小区门口吃碗鸭血粉丝，看见个男人带着两个孩子，一男一女，女孩说："爸爸我晚上跟小姨妈一起睡。"男孩说他也要和小姨睡，只听那男子说："你是男孩你不可以。"男孩调皮地说："那爸爸你怎么和小姨妈睡一起啊？"我看了一眼默默地低下头吃粉丝了……

真为你的智商着急啊

我们是在一个大办公室，一共坐了 8 个人，本人妹子一枚，我刚刚特想放屁，我一想，控制一下应该可以不响，这样就神不知鬼不觉了，那放就放吧。然后我就试放了两个，一听，真不响，就连环放了。然后同事们就向我行注目礼，我才想起来，我带了耳机看电影，肯定听不到响声啊！尴尬死了。

好高端的智商啊

问一好友相册密码多少，他给了我一串 17 位长的英文“cptbtptpbcptdtptp”。

我讶异地问：“这么长，你咋就记得住啊？”

他弱弱地回：“吃葡萄不吐葡萄皮不吃葡萄倒吐葡萄皮！”

你的智商能不能别这么伪高端啊！

你们俩是在演双簧吗？

昨天去同学家串门，给了同学的儿子压岁钱，临走，同学也要给我儿子压岁钱，我们客套地说不要，边说边就走出门去了，同学拿着红包追上来，谁知，同学的儿子一把抱住同学的腿，还对着我们喊：“你们快走！我帮你们拦住！”当时我们就蒙了，这到底是什么情况？是双簧吗？

这么懒的男人能要不？

就刚刚，我们一家三口躺床上，孩子看卡通 ，我和老公玩手机。一会儿孩子说想喝水，我让老公去倒，我只穿睡衣裤，去厨房冷，结果那懒鬼立马全脱了，一丝不挂钻被窝里说：“我穿得比你还少。”

好机智的媳妇

过年带媳妇回家，妈妈说几乎每天都要去亲戚家串门吃饭，一般年轻人都不太愿意串门，但媳妇很乐意，我妈表示媳妇很懂事，又给了个大红包。我今天夸媳妇懂事，结果她说在家吃饭要洗碗，串门吃饭不用洗碗……媳妇你真的够机智啊！

熊孩子太聪明了

今天早上，姑姑领着两孩子来拜年，一人给了 200 块红包。这两熊孩子又一人拿了 100 出来说："妈妈说了，超过 100 就要上交，我们就要 100。"我爸当时被一口茶水呛着了。

这是为什么呢？

杨过被郭芙斩断右臂后，默默地把微博个人资料的"感情状况"栏从"恋爱中"改成了"丧偶"！

老公你把孩子接错了

老公急急忙忙从托儿所接完孩子在沙发上看球赛，老婆下班到家，看到孩子尖叫一声：天啊，老公你把孩子接错了！老公淡淡地说了句：有什么关系，反正明天一大早都还要送回去的……

果然是拟人手法

某老师批改小学生的语文练习题，其中某题为：将下列句子改写成拟人句。这个句子是：“小鸟在树上叫。”大多数的小朋友都很常规地改成“小鸟在树上唱歌”，忽见一答案写：“小鸟在树上叫：‘我是人啊！！！我是人啊！！’”

专业醒酒师

大年初二,一帮朋友在朋友老铁家聚会，老铁自己喝高了，他媳妇帮他宽衣，他嘟囔着：“你是我媳妇吗？脱裤子的手法这么娴熟，以前是干什么职业的啊？”他媳妇一个大耳光甩过去：“我以前是专业醒酒师！”

那对双胞胎又喝多了

酒吧内，两男对话。兄弟贵姓？姓李。那么巧，我也姓李。贵庚？属马，36 啦。咦，那么巧，我也属马，36 啦。那你不会是 2 月 8 日的生日吧？是啊，你咋知道？我也是 2 月 8 日生日。那你住哪儿？我住 ××。我也是！怎么能那么巧啊。等等，我看咱俩如此有缘，结拜为兄弟咋样？好哇。 盼旁桌议论：你看那对双胞胎，又喝多了！

只等双色球

昨天一晚上没睡，头疼。昨天上午去宝马 4s 店把 X6 看好了有现车，还送三次保养，真好。下午又去看了房子，一平方米才 18000，就选了个 200

平的，折扣已经谈好确定下了。晚上又订了飞机票，春节完了去马尔代夫玩几天。现在万事俱备只等双色球开奖了。

唉，不说了

“老爸，老妈对你冷暴力了？”

“嗯，难道你媳妇也对你冷暴力了？”

“唉，不说了，我们站紧点吧，这个天被关在阳台外还是挺冷的。”

绝对非亲生

应该没有比我更不是亲生的了……今年过年，家外面挂着鞭炮，我自告奋勇去点。等我点着了鞭炮，捂着耳朵准备跑回家，我爸妈却早把门给关上了，然后二老隔着门乐呵地看着我被鞭炮撵得到处跑……三千多响的鞭炮啊，屁股都被炸了好几下……

儿子，我保证不打死你

和儿子一起看宫崎骏的《千与千寻》，当看到主人公的爸爸妈妈变成猪的时候，我脑子一抽，问：要是妈妈也变成猪了，你哭不哭？六岁的儿子看看我，一本正经地说：妈妈你已经是个超级大肥猪了！

人艰不拆啊

吃货的嘴巴有两个基本用途：一个是吃，一个是说要减肥。

有其母必有其女啊

放假回家前，给我妈发了一条短信：妈，我想吃水煮鱼、红烧鲫鱼、土豆红烧肉、红烧排骨，有吗？有吗？没过一会儿，我妈短信回过来了：我也想吃…也想吃……亲妈！！！

碰到这样的主人真没有办法

家里养着两只鸡，每天下一个蛋。过年了，主人每天都仔细观察，看看哪只鸡不下蛋，准备把不下蛋的鸡杀了过年吃。一只鸡对另外一只鸡说道：碰到这样的主人真是没有办法，要不我每天下两个蛋，匀给你一个吧，老公 。

这也太倒霉了

有一朋友住 23 楼，有天电梯坏了，从 1 楼走到 22，走不动了，电梯突然升了上来，他高兴坏了，赶紧按，电梯停在 22 楼，电梯门开了，进了电梯，结果电梯下行了，一直到 1 楼，下面维修人员拿着一个牌子：电梯故障，暂停使用。

来热水了

上大学时住校，有次夏天和宿舍哥们儿几个去卫生间洗凉水澡，当时厕所灯坏了，我们抹黑打水仗！正过瘾时老子突然尿急，就随地解决了，突然一哥们儿说：靠！来热水了！当时我们都笑喷了……

有点相见恨晚

我和老婆家在两个城市，挺远的，所以虽然结婚多年，老爸和老丈人只在当初我们订婚时见过一面，昨天开 QQ 视频让二老聊天，看他们聊得挺欢，我和老婆就出去逛街了，结果回来吓了一跳，只见地上躺了好几个白酒瓶子，两老爷子居然对着电脑视频喝上了，还划拳……

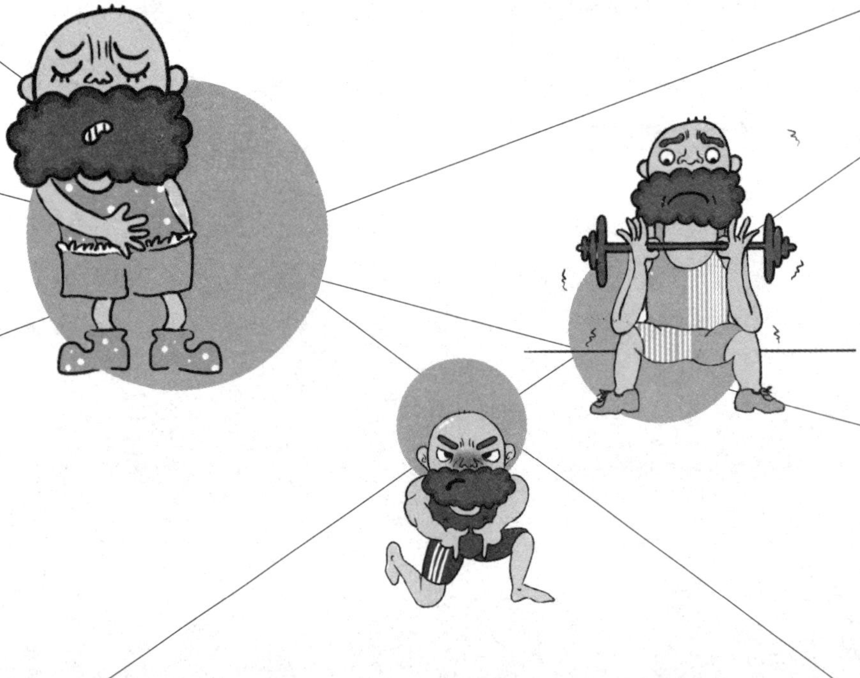

不作死就不会死啊

完了，孩子没了

我群里一女汉子去医院看病，下面是她自己说的：刚刚下楼和一帅哥撞满怀，我愣是没撞过他。然后他说对不起，对不起。我是谁啊，女汉子啊。不得给自己找点尊严啊。我马上蹲下说：完了完了，孩子没了。 那男的差点儿没给我跪了……

好几个都没合格

我同学跟一个小姑娘出去玩，晚上喝了点酒，姑娘说就不回去了，于是乎开了个房，据说人家姑娘都把手放到他腰上了，同学愣是什么也没干，隔天在一起了，到现在两年多了，姑娘说，就是想找个老实点的，之前找了好几个都没合格，就我同学合格了，我同学还很高兴，我犹豫了一下问，那些不合格的呢？

都是过年逼的啊

过年亲戚们的关心总结为一副对联。

上联：在哪上学什么专业学得不错吧；

下联：有对象没家哪里的领回家了吗。

横批：可不小了！

我们的回答应该是：上联：这个嘛呵呵呵呵呵；

下联：那什么哈哈哈哈哈。

横批：阿姨吃菜！

耿直的小伙伴

有一个朋友比较内向，不怎么喜欢说话，一起去吃东西，本来打算请他的，结果他先吃完，就跑去埋单，我就说我买吧，他径直走过去，等到我吃完，就准备走了，走到门口老板就说我的还没埋单，我看看他，嗯，脸都红了，我自己掏钱埋单（你倒是说一声 AA 制啊），无地自容啊！

过年到我家玩吧

甲：过年到我家玩吧，你到时脚踢或者手肘撞几下门我们就会来开门了。

乙：我为什么要用脚或者手肘呢？

甲一脸愕然：大过年的，你不该会两手空空地来我家吧……

控制玩手机的欲望

妈妈手机壁纸换了几百次了，爸爸的壁纸依旧是妈妈的大脸。

妈妈说：会不会看腻?

爸爸说：不会。

妈妈说：想换就换吧，我不会不开心的。

爸爸说：不知道换什么。

妈妈说：换张长腿大胸可爱死的妹子好了。

爸爸说：哦。

然后换成妈妈的一张全身照。

妈妈笑着说：傻瓜，干吗又换我?

爸爸说：可以控制玩手机的欲望……

我太机智了

中午下班看到路边上有捆芹菜，不知道谁掉的，捡起来准备回家炒肉，忽然一想需要去买肉，有肉还得要买个锅，买了锅还要弄个厨房，有了厨房还得配个媳妇，有了媳妇就得养丈母娘 . 有了丈母娘她就要房要车要彩礼……我靠赶紧扔掉，吓死了幸亏扔得早，不然亏大了，回家一想我真是太机智了!

老公太有才了

昨天问老公：“如果宝宝以后问我们，蜜月旅行为什么没带上他，你怎么

和他说？”老公回答：“就告诉他，他去了呀！爸爸带他去的，妈妈带他回来的！”我一开始没转过弯，后来瞬间觉得老公太有才了！

好吧，我承认我想歪了

今天家里就我和表妹两个人，她躺在床上姿势很诱人，我走到她的床边，她的体香充斥了我整个鼻腔，我摁住了她的大腿，她很疑惑地看着我！随后我扒下了她的裤子，她好像察觉到了什么，开始反抗大哭起来，可是她的力气没我大，最后她哭累了！没有反抗只是在抽泣！我得逞了，成功地给她换了尿布。

贱人就是矫情

和女友回老家拜年，女友感冒了，早上一直咳嗽！

我：倒水喝药去啊！

女友：烧水去，么么哒！

早上那个冷啊！一百个不愿意！学了个网络流行语！

我：贱人就是矫情！

女友：再矫情你就是贱人！

感觉自己跟不上世界的潮流了

上次出了那个杜海涛给权志龙下跪事件，我的反应是：权志龙是谁啊？之前好多人说李敏镐要上春晚了！我的反应是：李敏镐是谁啊？播完春晚后又

有好多人在微博上吵，说李敏镐根本没有金秀贤帅！我的反应是：金秀贤又是谁啊！

你来干吗？

今天老姐相亲，一家人都在准备男方的到来。结果看见我哥们儿来了，他看见我，愣了一下，问："你在这儿干吗？"我说："这是我家，你来干吗？"他说："相亲！！"然后两人默然对视。

我尾巴丢了

家有二货老公一枚，今天家庭聚会，二货老公喝多了。回家后躺在床上跟我说："媳妇，我难受。"我说："哪儿难受啊？""从头到尾巴都难受，哎呀我尾巴呢？"我顿时凌乱了…………

女汉子的童年

刚看了个把鞭炮绑狗尾巴上放的。想起了我小时候绑鸡尾巴上放鞭炮、往正在生蛋的鸡窝里扔鞭炮、往厕所里扔鞭炮、埋伏在路边有下班的经过扔鞭炮（当时的交通工具是自行车）。然后是告状的堵满了门口，妈妈各种安抚赔不是。然后是一顿胖揍！不知道小时候为什么那么顽皮！感谢老公把我从汉子变回妹子！！

不作死就不会死

今天坐公交车上，一男的手机突然摔在地上，他在众人惋惜的眼神中捡起手机，然后笑着说，哈哈，诺基亚的果然怎么摔都行，不信你们看，再摔一次。啪，手机屏幕碎了，车上瞬间安静了……

同学，干得漂亮

老师："就因为你上课开小差，耽误了一分钟，五十个同学就是五十分钟，你可耻不可耻？"

同学："老师，在同一空间维度下，单体时间不可重复累积计算。"

老师："站到后面去！"

只是因为多看了你一眼

公交车上，一大妈手机响了，大妈接电话，十分爽朗地对着电话说："啊，我今天上午没空儿！我得陪慧慧去医院做人流！"拥挤的车厢瞬间安静……我瞥了一眼身旁的大妈，转回脸来的时候，发现全车人都在盯着自己，但我真的不是慧慧！

别拦我，我要打死他

朋友突然问我："你女朋友好了没？"

我正在想我哪有女朋友，他又补了一句："你不是右手扭了吗？"

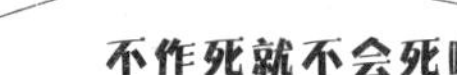

好机智的外甥

男朋友过年去我家，我的淘气外甥见了男朋友就屁颠屁颠地跑过去，把手里的遥控器递给男朋友说：叔叔，叔叔，我要看动画片，你帮我调。结果男朋友刚接过遥控器，外甥就喊：姥姥，姥爷，叔叔把咱家遥控器弄坏了……

二货同事欢乐多

刚才去和同事买水喝，一瓶矿泉水一块五，同事拿了一瓶，给了老板三块。老板找了五毛给他，二货当时就叫开了："我刚才给你的是三块啊！"老板也怒了："你也知道一块五的水，你给老子三块干什么？给两块不行吗？"

妹子，你听哥解释

有次在网吧包厢看电影，来时带了瓶营养快线，看到笑点处，口里的营养快线喷了电脑一屏幕，赶紧拿出卫生纸来擦。就在这时包厢门打开了，我永远忘不了那网管小妹看我的眼神……

机智的少年

演唱会上，一哥们激动地拿着话筒对台上的明星说："我是你最忠实的粉丝，我几乎参加了你的每一场演唱会，今天终于等到了机会！你能和我女朋友和张影吗？"明星觉得很感动，毫不犹豫地答应了，然后这哥们儿听了高兴地对着台下问："太好了，那么各位美女，谁愿意当我女朋友？"

你同意吗？

以前过年，缺的是年货，不缺的是年味。

现在过年，有的是年货，却没了年味。

喂，人艰不拆好吧？

今天陪我爸去金店，挑了一条手链，付钱的时候，我在一旁嘀咕：“为什么这么多人喜欢戴金饰，我觉得好俗啊。”我爸瞥了我一眼回道：“放屁，你不是不喜欢，只是没钱。”

主角这么逗，作者知道吗？

我觉得我现在笑点越来越低了，看个小说被笑得不行！

主角他大爷：“你以后要走的是济世之路。”

主角：“为什么要走鸡屎之路？难道看见鸡屎不会绕开吗？”

亲爱的，你要闹哪样？

过年带女友回家，家务什么的没少做，昨天发高烧，病了一天。今天下楼吃饭，她又抢着洗碗，爸妈不同意了，威胁我说：“再让女友洗碗，就弄死你。”我转达了意思后，女友反复问我：“我洗碗，他们真的弄死你吗？”我说：“嗯，正磨刀呢。”于是，她就去洗碗了。

好一个三大酷刑

“听说你昨天去未来丈母娘家了？”“是的，简直就像受了满清三大酷刑一样。”

“呵呵！哪三大酷刑？”“老丈人的眼神，丈母娘的唠叨。”“还有呢？”“女朋友的拿手菜！”

妹子，我喜欢毛坯房

女：听说你们男人有一套理论，穿貂的女人是豪华装修，穿棉的是中等装修，穿比基尼的是简单装修，你喜欢哪一种？

男：妹子，我喜欢毛坯房。

你对鹦鹉做了什么？

某报刊登一则寻物启事："遗失鹦鹉一只，其物征是：你只要对它说一声'亲爱的女友'，它就会立刻回答：干什么？你这老色鬼！"

是这种潮吗？

我："你好，我住816房，我房间这个被子有点潮哦。"

服务员："谢谢夸奖，先生，您真有眼光，这的确是今年最新款。"

以后就这样说

老板："菜都上齐一个多小时了，各位怎么还在聊天啊？"

朋友："老板，你烧的菜太咸了，我们正在扯淡呢！"

外婆卒，享年69岁

明天要上班了，外婆希望我多留几天，对我说："你打个电话给领导说你外公病重，暂时回不去。"旁边沉默的外公立即插话："你直接说你外婆死了！"

是亲生的吗?

过年家里来客人，我负责做饭，端菜的时候不小心把手烫，红彤彤的！我就跟我妈妈诉苦说："妈妈，我手好疼，火辣辣的。"我妈妈来了一句："那刚刚好待会儿用凉水洗碗，就不疼了！"

和同学去海洋馆

上次和同学去海洋馆，看到一个男人拉着一个小男孩的手，一脸的快乐啊幸福啊，结果听到他跟小男孩介绍着各种鱼："这条红烧最好了，那条最好清蒸，左边那个用水过一下再干炒特好吃，右边那个炖一下就好了……"

妈，当时您充了多少话费啊?

我才 20 岁，爸妈就开始着急了，爸爸提倡自由恋爱，说："相亲是上个世纪包办婚姻才干的事！"妈妈一句话噎过去："自由恋爱你觉得你女儿会有人要吗？"

我有点蒙圈了呢

一天去网吧上网，到柜台，问网管："咱们这儿一小时多少分钟？"网管一愣："六十。"我当时就火了，扭头就走："什么玩意这么贵！"

你选哪个？

一妹子温柔贤惠体贴大方，另一妹子出身名贵多金多房，你怎么选？选胸大的是老梗，选俩的贪心，选贤惠的虚伪，选多金的虚荣，不选的装蒜，正在考虑选哪个的，我告诉你，你想多了！

我该怎么办？

一天，去银行排队，前面一妇女抱着孩子，孩子调皮玩着把鞋掉了，我弯腰准备去帮忙捡，不料孩儿他娘说了一句："你再把鞋掉了，傻子会捡走的！"你说我弯下的腰该怎么办，后边一长溜的爆笑眼神！

这位小偷，请你来我家吧

朋友家中被盗，丢了一千元。不过，小偷的钱包落他家了，里面有好几千块以及小偷的银行卡……我只想说，这位小偷，请你来我家吧！

脸皮厚的含羞草

过年准备买盆花回家，和老婆看到一盆含羞草。手欠地捅了它一下，发现它竟然不动，遂问老板怎么回事。老板淡定地说："可能这棵脸皮比较厚……"

你过来，我不打你

今天老妈包饺子，把放盐的碗放桌子上了。小外甥看到了，用手指沾了一下，放进嘴里，边吃说，真甜！然后我也沾了沾，往嘴里放。妈的，你过来，我不打你，我就想问问哪儿甜！

你们猜猜

前几天看到有人发了一条空间说说，内容是，你们猜猜我爱吃鸡腿还是猪蹄。我立刻评论道，那要看你是缺胳膊还是少腿。

儿子你太机智了

儿子 13 岁，对电脑小有研究，妻子看他老玩电脑游戏，为防止他过度，就把电脑的电源线拔下来放在工作包内，每次上班把电源线带走。一个星期后，老婆拿出电源线一看，已经被儿子调包了，一根豆浆机上的电源线背了五六天。

在我叔家吃饭

在我叔家吃饭，我五岁的堂弟拿我手机玩神庙逃亡摔死了，大喊一句我又死了，我叔青着脸走过来就是一巴掌，说大过年的说这种不吉利的话 ，开饭的时候我叔被饺子烫到了，一边呼气说烫死我了，那熊孩子一巴掌往我叔脸

上拍去，吃饭还堵不住你的嘴。

亲爱的，我好冷

两对情人坐在公园石凳子上，年轻女子对男朋友说：“亲爱的，我好冷啊！”于是男友把她抱在怀中。中年胖女子见状，对老公说：“亲爱的，我也好冷啊。”老公秒了她一眼，有看看旁边的情侣，对她说：“你站起来围着我们跑两圈就暖和了。”

几个妇女聊天

一天，几个妇女坐在一起聊天。

A 妇：我家的电器经常被我儿子弄坏，幸好他爸会修理。

B 妇：我家的东西也经常被我儿子弄坏，还好他爸也会修理。

A 妇：不会吧，你先生也会修理东西？

B 妇：不，他会修理孩子。

也给我来一支

我一朋友在抽烟，他师傅看见了说：没钱还抽那么多烟，浪费！

我朋友说：就是因为没钱，所以不想活太久。

他师傅深思了一会儿：来，给我一支！

我脱鞋后

几个男同学踢完球，一身臭汗回到教室。

甲：“如果我现在脱鞋，全班都得逃出教室。”

乙：“我脱鞋后，他们连逃跑的机会都没有！”

鞭炮声

心情好的人听到鞭炮声会很兴奋，心情不好的人听到鞭炮声有多心烦，问刚才那个点完鞭炮被人冲下来一顿打的人就知道了。

进门就有礼

今天逛街看见一家服装店的玻璃门上贴着：不管买不买，进门就有礼！我心想这家服装店门面也不怎么样，怎么那么牛气？所以决定进去看看，当我前脚踏进大门的时候，旁边的一个漂亮的服务妹妹双膝一弯说道：“欢迎光临，小女子这厢有礼了。”

一个真正的女人

要想成为一个真正的女人，首先你得有一个合格的胸部，不然你永远都是一个小女孩，听说过长胸如妇吗？就是这个道理，只有长胸才能如妇。

一句话戳中泪点

谈女朋友没?

今天去舅舅家走亲戚，吃饭的时候舅妈问我谈朋友没?我回：谈了，谈了好几个，一个男的，三个女的。表弟在旁边深深地给了个赞……

屌丝注定孤独一辈子

我教的幼儿园班上一个 4 岁的小女孩因为筷子拿不好而发愁，旁边的小男生说：“瞧，这样拿就对了。怎么样，我厉害吧?”开始自卖自夸。另一边的小男孩说：“没关系，来，张嘴！啊……”说着把菜亲自送到了小女孩嘴边。屌丝注定孤独一辈子啊!

绝对是亲生的

我认真地跟爸妈说，你俩一定是觉得把我生太丑了心有愧疚，不然怎么会对我这么好。我爸点点头说，你终于懂了。

魔术

魔术师：“大家看，这是一张欧元，一百欧元，带我游遍 18 个国家。摇一摇，没错，变成了英镑。再摇一摇，又变了。最后，变成了温暖的红色！来，小朋友，还给你。”观众：“滚犊子，把我最早的一百欧元给我还回来！”

稍纵即逝的美丽

除夕夜，我拿出数码相机准备拍摄美丽的烟花，一旁的儿子很认真地跟我说：“爸爸，烟花本来就是稍纵即逝的美丽，你为什么非得要用相机把它定格呢？”我想了想，提起扫帚就追着那兔崽子打，你肯定把老子相机整坏了！

机智的小明

小明和领导进了电梯，领导要去 8 楼，可是小明却错按了“9”。领导皱着眉说道：“你多按了一层！”“没关系，我有办法。”说完，小明又赶紧按了“-1”。

一句话戳中泪点

春节看到小侄女，我第一句话就是："考得怎么样啊？"我要把这种痛苦一代一代传承下去！小侄女答道："我和男朋友都没考好。叔叔，你女朋友呢？"我……

先生，别走啊

昨天晚上，看到一句"不给女朋友压岁钱的男友，不是好男友"，于是为了给女友一个惊喜，我今天早起，往她枕头旁边放了500元，没想到她下意识就醒了，连忙叫住我："不说好800嘛！先生，别走啊……"

原来这才是提神

在公司连加四天班，同事有点撑不住了，第五天，还要加班！他来的时候，提了一个60多斤的铜菩萨，加班不一会儿，他就把那铜像提起来，放下，提起来，放下。旁边同事就郁闷了，就说："你加班提个这干吗呀？"同事答："困了，我提提神！"

表明她是女的

小孙女第一天上幼儿园，回来高兴地给我们大讲特讲在幼儿园的新鲜事。

小孙女："我总算明白了，为什么姥姥那么老！

爷爷：为什么呢？

小孙女：因为老师一个“老”都那么年轻，那姥姥有两个“老”，能不老吗？

爷爷：是吗？她旁边不是还有一个“女”字旁？

小孙女：表明她是女的！

梁上君子

小明在书报上看到“梁上君子”一词，没有读懂其义，就给一个同学的信中写到：“让我们努力学习，长大后争取做一个‘梁上君子’。”小明心想用这词很得意，恰到好处。梁是栋梁，君子是好人，“梁上君子”就是栋梁之材的意思。那同学接到信后，随即回信写道：“你说得很对，我们一定要好好学习，天天向上，争取做一个国家的梁上君子。”

投石问路

小明正在学成语。有一天妈妈叫他去某某地方买东西，提醒他说：“如果不知道怎么走就问警察叔叔。”小明在路上迷路了，不知怎么走，于是找到了一块石头，砸向警察叔叔并问他怎么走。警察晕晕地问他为什么要砸，小明就说：“投石问路啊！”

终于有雨了

六月酷暑，一个月没下过雨，地干田裂，眼看今年将颗粒无收。“奶奶，奶奶，今晚有流星雨！”兴奋的小孙女想许个公主的愿望。奶奶一脸期盼：“谢天谢地，终于有雨了。”

朦胧美

“你喜欢什么美？”

“朦胧美！”

“哦？可你不是很豪爽的吗，什么时候喜欢朦胧美了？”

“从我近视的时候！”

招聘秘书

老爸的朋友给介绍了个工作，今天欢天喜地地去面试，然后就蒙了。公司人员构成如下：老总 1 枚，总经理 1 枚，办公室主任 1 枚，文秘 1 枚。对，你没有看错，公司一共就 4 个人，我就是应聘文秘的，敢情就我一个打杂的。

大爷你咋不早说

昨天下午去建行自动取款机取钱，门是刷卡的，我拿出卡刷了老半天没开门，这时一老大爷停在我面前，我说：可能是读卡器坏了。老大爷说：嗯，是坏了，我还以为你是来修的呢。说完就推开旁边的门进去了。

不说了

刚刚我舅舅让我去学校接他闺女，说是才 8 岁，个子不高长得有点黑，从放学开始在学校门口等，我就一直看比较黑的，悲催啊，黑的真多，直到学校的人都走完了我还没有接到，不说了，找孩子去了。

你中枪没?

有多少人借着群发的名义，默默地给躺在名单里一直不联系却惦记的人发了信息。

给我个面子

高三的时候，我一同学上课捣乱，老师走过去拉那个同学让他出去。我另一个二货同学站起来拦着老师说：“算了，给我个面子。”老师说：“你滚开！”

再买一定要不漏气的

我：“和女朋友吵架，女朋友都气炸了！”遂一个人喝闷酒，朋友来安慰我：“别伤心了，没关系的，气炸了就再买一个吧！”

来，停到里面去

单位的保安在指挥停车，先来的停到里面，门口车位空出来……来的车都听指挥，突然一辆豪车悍马开进来，保安告诉车主：停里面。悍马急转弯停到第一位，司机下车锁门过来告保安：老子一脚油 50 块钱，凭啥听你的？保安从自己兜里掏出 50 块钱递给车主：来，停到里面去。司机……

这是要被绿的节奏?

一天两对夫妻一起喝酒，A 男是喝多酒什么都说的那种，B 男想逗逗他，便问：“你老婆怀孕那十月你是咋过来的?”结果 A 男指着 B 男老婆说：“你问她！”全场就安静下来了。

信息量巨大

哥哥是领养的，坚持要和妹妹相恋结婚，父亲强烈反对不成，只好吐露实情：哥哥是私生子，以领养为借口带回身边。母亲也很痛苦，告诉大家的真相是：妹妹是她和前男友的骨肉！ 最后有情人终成眷属。

猜不到的结局

路上看到一对学生情侣，身高差蛮大的，男生笑着微微弯腰摸了摸女生的头，眼神里充满了爱，配合着这夕阳，多么美好的画面。只不过然后女生抬腿就是一脚，骂道：“你别动老娘刘海！”

美女你听我解释

那天哥们我俩在站点等公交，这时缓缓走过来一美女，我一口痰吐在美女腿上，美女当场上来盖我！我一边跑着一边解释道：“本来我是想吹口哨来着！”

又唱串了一首歌

刚才无意中又唱串了一首歌，特别喜庆还应景呢，不信你们试试看：我们的祖国是花园，花园里花朵真鲜艳，和暖的阳光照耀着我们，每个人脸上都笑开颜，恭喜恭喜恭喜你呀，恭喜恭喜，恭喜你！！

放开我

我有个朋友，他初中的时候学校附近有很多强抢自行车的小混混，他比较瘦弱，平时看到都是敢怒不敢言。有一天放学他骑车回家被人从后拉住，一看是一个比他矮半个头的瘦弱小混混要抢车，他果断放胆吼道：“放开我！”刚喊完看到人家腰间别着把匕首，于是他继续怒吼：“放开我让我下车！”

帅哥，我老公死了咱俩好吧

中国好老婆啊

晚上跟老婆吵架了，事后，老婆说：“老公睡觉吧。”

当时我还在气头上：“你老公死了。”

然后老婆一句话气得我一点脾气都没了：“帅哥，我老公死了咱俩好吧。”

因果关系造句

放学时，老师宣布：“你们每人说一个因果关系的句子，说不出的不可以回家。”一个学生说：“老师您是世界上最美丽、迷人的小姐。”

“谢谢。”老师说，“可这里面没有因果关系呀。”

“因为我想回家。”

胸大无脑的反击

当有人说我胸大无脑时，我总会弱弱地说一句，那也比胸小无脑的好……

都说文人有傲骨

都说文人有傲骨，当仇家把刀架在我脖子上让我学狗叫时，我倔强地“汪汪”了几句。

娶了媳妇忘了娘啊

“你那个朋友好娘……”

“哦，没事，等他娶了媳妇就好了。”

“为啥？”

“娶了媳妇忘了娘啊。”

这个新的怎么来啊？

大年初二，公司有个上司家长辈去世了，一同事在喝酒，撂下酒杯就去慰问了，到那儿酒劲上来了，握着上司的手，先打了个嗝，然后说道，请节哀，旧的不去新的不来……

有空吗？

我有一暗恋的女同事，春节前，她问我春节忙不忙有空吗？哥心花怒放地回答有空。然后她就把班跟我换了休假去了。

不带这么坑女儿的

今天早上老爹问我要不要一起去买菜，我以为老爹是想我去陪他说说话，然后买菜什么的，他买完就走，菜都是我提也就算了，在买完之后他对我说：接下来的路要靠你自己了！我以为他是要教育我坚强独立神马的，结果他下一句是，你把菜自己提回家去，我出去玩会儿。靠，不带这么坑女儿的！

很厉害的球星

跟男朋友一家人包饺子，他在一边看球，他姑姑说："我看过一场球赛，那人太厉害，一直进球，投一个进一个，可准了。"我问是谁，姑姑说："不知道，反正挺厉害的，一直进。"这时候我男朋友幽幽地说："姑姑，你看的是精彩回放！"

有没有同感

以前春晚，有些节目有些演员说的话能流行一年。现在春晚，流行一年的话，春晚再给你做个整合，就成笑点了……

太坑爹了

过年了，老婆给我1000元压岁钱，我按照中国的传统习俗虚让了一下，仅仅一下。老婆竟然收回去了，煮熟的鸭子就这样飞了！

本以为我会很忙

过个年，本以为我会很忙，会有好多朋友约我！会有好多应酬！！现在才发现，我想得太多了……

小兄弟，来照个像吧

某考察团来我校访问，临走时一行20人站在校门口准备照相留念，我刚好路过，考察团其中一人拿着照相机对我说："小兄弟，来照个相吧。"我大喜，兴冲冲地跑到第20个人旁边站着等说"茄子"……

连狗都不吃

同学被我介绍到公司上班，条件比较差，事先有跟他提到！他说没关系，就当锻炼锻炼了！来到后第三天晚上跟我说要撤，我问他："怎么了？"他说他吃饭时把不想吃的菜，给公司食堂养的两条狗吃，结过狗狗看了一眼菜，然后抬起头用很鄙视的眼光看了他一眼后走开了！感觉自己过得还不如一条狗！

娘对得起你

一男同事生了个儿子，对我说，你赶紧找个老公生个女儿，给我做儿媳妇。我自己还没着落，女儿就有着落了，未来的女儿啊，你娘真对得起你啊！

对吃货的形容

形容美女是“千呼万唤始出来，犹抱琵琶半遮面”，而形容你这个吃货是“一喊吃饭就出来，油爆噼啪拌着面”。

瞬间很开心

我舍友刚才安慰我说：“嘿，别跟瘦子一般见识，她们是兽类，你是人类！”

叔，快叫老师好

有一次我同学闯祸了，老师说请家长，第二天，我同学带着一个流着鼻涕，咬着棒棒糖的小屁孩出现在老师面前说：老师，这是我叔。回头在小屁孩后脑勺拍了一下，叔，快叫老师好，就知道吃！顿时老师那脸啊，五颜六色的……

禅师又调皮了

一青年问禅师："大师，我事业、生活、爱情全都不顺，我该怎么办啊？"禅师把他领到一片梅花前，青年大悟："你是要我再忍耐，梅花香自苦寒来是吗？"禅师摇摇头："我想说，梅前（没钱）你搞个啥！"

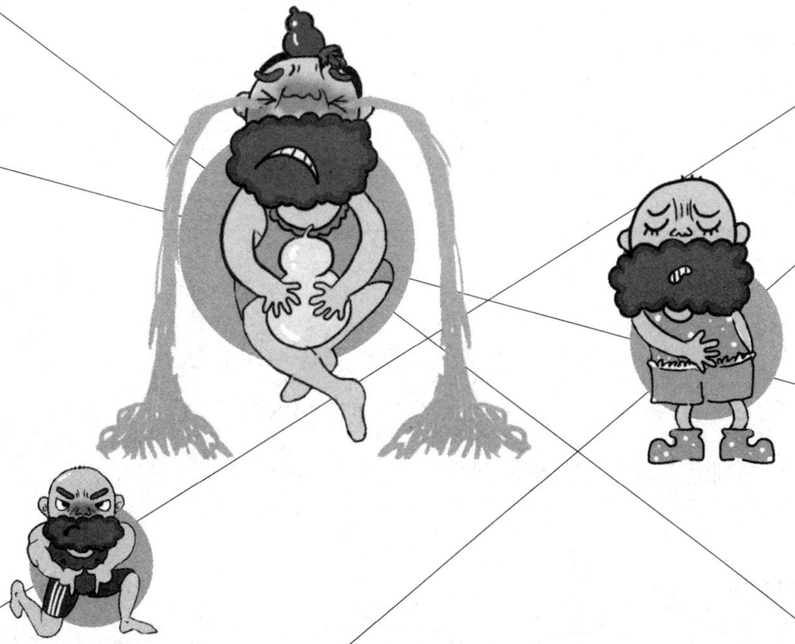

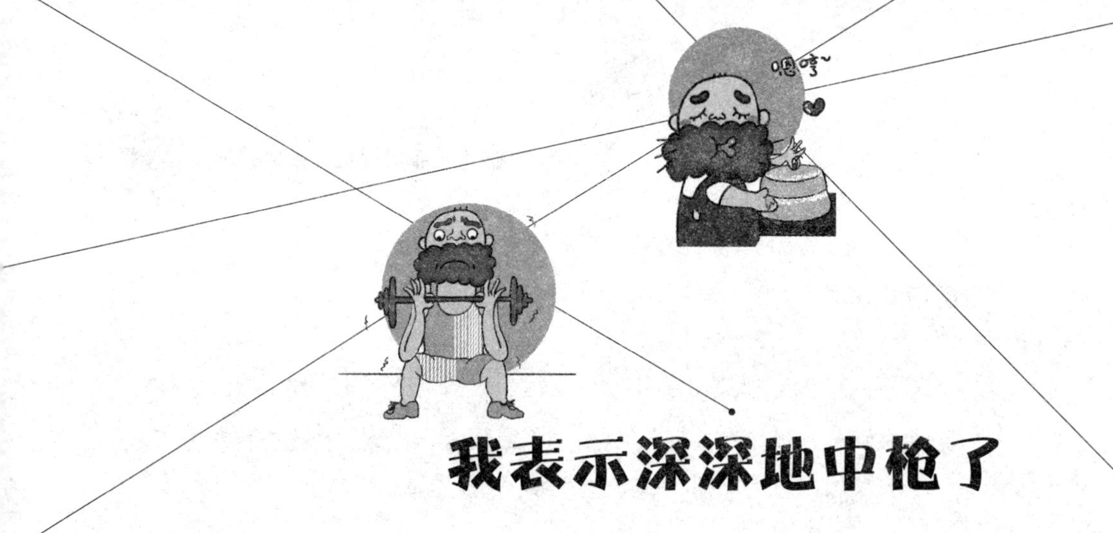

我表示深深地中枪了

所谓孤独

所谓孤独就是打开 QQ 一堆消息，全是群消息，没一个和你私聊的。

你给我拍拍

闺密的男朋友特别木讷，春节两人去回家过年，闺密晕车，下车就吐，她男友就呆呆地站一边，闺密冲男朋友喊，你给我拍拍，她男朋友愣了一下，然后从包里拿出了相机……

我太机智了

一多年不见的女同学来我的城市办事，喊我请她吃饭。我说还没发工资，她说她请我，我看了下时间，太晚了，待会儿没车回了。她说："怕什么，咱们到外边住嘛！"我才不上当呢，待会儿过去请你吃饭还得打车回来，你住宾馆我还得付钱，果断不去，我觉得自己真是太机智了！

请问我的亲妈在哪儿？

本人大四妹子，寒假好不容易回家住几天，今天听见老妈叫："闺女快来吃饭！"我一看也不是吃饭时间啊，以为我妈偷偷给我做了好吃的。结果，走到厨房看见我妈端着狗食盆子，一边看我家狗吃一边说："来，闺女，多吃点！"

大家胖等于没有胖

我跟哥哥抱怨，过节好吃的太多容易胖啊，哥淡淡地回我一句："瞎操什么心，大家胖等于没有胖。"听完以后，突然觉得很安心……妈！别收拾，我还能吃点……

千古谜题终于有答案了

女朋友："我和你妈同时掉水里，你会救谁？"我："肯定救你，我妈同事我又不认识！"

我不想让弟弟在欺骗中长大

我不想让弟弟在欺骗中长大，便告诉他："你知道吗？你现在的压岁钱爸

爸妈妈是不会还给你的，他们说留着上大学、娶媳妇，这些钱根本不够，而且你在收到压岁钱时爸爸妈妈也在给别人压岁钱，到时候哪儿有钱还你。明白了吗？别哭了，这样吧，哥哥帮你存，给你留着上了初中买游戏装备。”

这个真心做不到

今天公司大扫除，领导说了一个让我瞬间石化的命令：“你去把仙人球擦一下！”

这架打得好冤

某天，我前桌的兄弟叫他一起去玩，结果我前面那货正在看书，默默回了句：“你玩吧。”他兄弟听了大怒：“你全家才是王八！”结果他俩就打起来了。

无力吐槽的魔术

刚一个魔术师朋友给我打电话质问我：“每年春晚魔术完了你都求我揭秘，今年怎么不理我？”我回答得简洁明了：“我又不瞎！”

我记得故事不是这样讲的！

张三丰：“无忌，我这套太极剑法，你记住多了？”

“一大半。”

“不错……”

一小时后。

“现在还记得多少？”

“已经忘掉一大半了！”

“难为你了。”

两小时后。

“那么，现在还记得多少。”

“已经全忘掉了！”

“很好！很好！刚刚教错了，现在我再重新教你一遍。”

是绝交，还是杀了他！

某男拿纸巾擦过自己嘴巴后，给他朋友擦嘴，擦完无比抱歉地对他朋友说：哦！这是我刚擦屁股的。

记住，天使与你同在

你是个处变不惊的孩子，放了那么久假还没动过作业，还有几天就上学了，你还淡定地上网。小小的挫折不会影响你的心情，自信在你心中，而你在我眼中。记住，天使与你同在，你还是那么美。

想做面具吗？

想起一件糗事。那天很无聊，突然二货弟弟问我：我们来做面具吧。我

立马答应下来。然后他跑出去，拿了一碗泥巴进来，往我脸上扔去，快速跑开，只剩我一人愣愣地站在那儿……

我先避避风头

刚刚给领导叶总发短信拜年，写了无数良好祝愿的贺词，可惜发出去才看见我把叶总写成野种了！智能拼音靠不住啊！我先关机避避风头……

果真是大师

二货朋友："×× 山的老和尚说话真灵！"

我："何以见得？"

二货朋友："他说保佑我马上有一切，这不昨天我阑尾炎就去医院切了一刀。"

变帅了

前几天不小心把穿衣镜给撞破了，幸好没掉下来，今天洗完头在镜子前看了看，顺便说了句"变帅了"，谁知镜子就……哗……碎了……我……

包换吗？

堂哥还有几天要结婚了，晚上一家人一起吃饭，准嫂嫂向我姑姑（新郎他妈）说："阿姨，要是阿星（我哥小名）结婚后不听话怎么办，包换吗？"姑

姑头也没抬："不包换，包修！"

第一次去女友家

第一次去女朋友家心里很紧张，总觉得自己很不自然。当我开始吃饭的时候发现筷子有一根是反的，于是掉个头继续吃，发现还是反的，再掉一次还是反的！她妈妈发话了：不要两根一起掉头呀！

你们怎么认识的啊？

酒吧聚会。一女性朋友，带了男朋友来，过来敬酒介绍她男朋友。有个朋友热心地问："你们怎么认识的啊？"此女秒答："他结婚的时候认识的。"半天反应不过来。

找女友的标准

"你希望找个什么样的女朋友呀？"

"我希望找一个……嗯……售后服务好点的女朋友！"

因为妒忌而被炒鱿鱼

叔叔做建筑工作，最近被炒了，我问他怎么回事。"你知道工头是干什么的吗？就是站在旁边看别人干活。""这与你被炒有什么关系？"我不解。叔叔解释，"他妒忌，因为大家都以为我才是工头。"

两个乞丐的对话

晚上下班 2 号线去人民广场，好几班都没挤上去，换乘通道中，听到了两乞讨者对话：“你在这儿趴一天了？”“是啊，你不是混 2 号线的吗？怎么出来了？”

大家献点爱心吧

下雪了，见一大妈在乞讨，便给大妈丢了十块钱，然后帮忙喊：“这大妈太可怜了，大家献点爱心，让她早点回家吧！”语音刚落，就有不少热心人纷纷掏钱给大妈，大妈见爱心款也不少了，便把钱放兜里准备走，我：“现在人多，我再帮你多要点钱。”大妈说：“儿子，这么冷的天你想冻死我啊！”

一杯不喝

在一酒吧间里，一位老顾客在喝酒。他总是两杯两杯地喝。招待员问他：“为什么你不要一杯大的？”“我已经答应女友戒酒了，一杯不喝！”老顾客笑着说。

现在的孩子都是土豪啊

我有个 10 岁的弟弟，特别爱玩手机，而且下各种游戏。今天他在玩他爸的手机，他爸说：“不准再玩了！手机没流量了！要欠费了。”结果这小家伙直接拿出 100 块钱！说了句：“拿去交话费！”

骂人新技能

跟朋友吵架，骂道："给丫死去！"

他说："你就不能文明用语吗？"

我听罢微微一笑，说："有你的地方是天堂！"

女友太机智了

我们高中时经常有老师夜里查学生谈恋爱。

一次逮到楼主和二货女友，就问："你们什么关系？"

女友："兄妹。"

老师："什么兄妹啊？"

女友："俩爹不一个娘！"

老师："哦……那你们走吧！"

你别跑，我保证不打死你！

别拦我，我要打死她！

本人壮硕的女汉子一枚，今天模仿胡一菲说：“我要找的男人，要么比我聪明要么比我强壮！”损友突然说：“还是这样说吧，要么比你聪明，要么比你聪明，因为比你聪明的太多了，比你强壮的不好找！”

你别跑，我保证不打死你！

有一次老公让我给他递东西，我说：“那你喊声好听的。”他说：“好听的！”

妹妹，你还好吗？

话说年三十吃年夜饭，妹妹给我女儿夹了块鱼皮说：“这个吃了会很漂

亮。”女儿说：“姑姑，你吃那么多，怎么没漂亮？”妹妹满头黑线！

世界上最快乐的事

儿子：“世界上最有趣的事情是什么？”

妈妈：“逛商店。”

儿子：“世界上最痛苦的事情是什么？”

妈妈：“没有钱逛商店。”

儿子：“世界上最快乐的事情是什么？”

妈妈：“有钱逛商店，但我就是不买。”

快，去叫爸爸

周末，老公还在睡懒觉，老朋友老李就来了。我对宝贝女儿说：“快，去叫爸爸”。女儿走到老李跟前，怯生生地叫了一句：“爸爸。”

不小心暴露了自己

夏天，公司一美女同事外套的衣服穿得很薄，能透过外衣看到她每天穿不同颜色的胸罩，有天同事都聚一起聊这个事儿，我说怎么没见她穿过白色的啊，结果下午被头儿叫进办公室问我，原来你小子上周三没上班啊，扣你奖金。我……

中国好老板

昨天去买烟。咳嗽了一声，老板说你咳得声音不对，有肺音，这样抽烟不好啊。我大惊失色，这是遇到中国好老板的节奏啊！一瞬间感动莫名，激动万分，正在我琢磨该不该第三十二次戒烟的时候。老板说，抽这个烟，对肺好！

好机智的孩子

除夕之夜老婆拿200元压岁钱给儿子，这能孩子高兴地接过了，一会儿又还给老婆："你还是给20吧！要不过几天你又收了！我只要明天买鞭炮的就行。"

那你拉盘子里面吧

和老公逛超市，逛到洁厕宝的货架时，我说：老公，咱们买这个吧，我不喜欢刷马桶。他问：那你喜欢刷什么？我答：我喜欢刷盘子！调皮的一句话从他口中飘出：那你拉在盘子里吧！亲们！别拦我！让我踢他！！

你是有多懒

有个懒汉，什么事都不肯干，他求人给他介绍一个最轻松的工作。后来有人请他去看坟地，说没有比这更轻松的工作了，懒汉去了两天就回来了。他愤愤不平地说："这工作一点不轻松！"朋友问："为什么？"懒汉："别人都躺着，只我一个站着。"

好色能改吗？

问：好色能改吗？

神回复：东方不败原来也有这个毛病，但是后来他没有了。

期末考试周

现在是期末考试周，明天液压考试，幸运的是昨天有人从老师那儿，用手机把试卷照了回来，瞬间十个班都有了原题试卷，今晚各种背，高潮来了，刚背完，准备玩电脑，班长说出事了，这个试卷十个班都考呀，结果有一个班，一个傻 B 拿着这张偷来的试卷，去问液压老师解答题怎么做，结果……

我冤枉啊

今天在家用电脑听《海阔天空》，我妈说：谁唱的？还挺好听。我：beyond。一个巴掌就过来了！我妈：跟谁说话呢？还逼样逼样的。我……冤枉啊！

作为一个吃货

作为一个习惯熬夜而又带点拖延症的吃货，每晚都会默默地对自己说：“再不睡就要饿了！”

首先你要有个女朋友

过年了，大家最想打折的东西是什么？神回复：女朋友的腿。我可乐了，笑了几分钟，冷静下来想了想，女朋友你快出现吧，我保证不打！

你的肚子到底有多大？

最后一班车超级挤，有个女孩在后门没上来，对车上大吼一声："让我上去！"全车沉默五秒钟后，一个小胖子弱弱地说了句，"我收收肚子你上来吧！"妹子很从容地上来了，胖子，你的肚子到底有多大？

宿舍一帅哥拉小提琴

宿舍一帅哥刚学会拉小提琴，那声音就像用指甲在锅底刮……有天下午他正在拉提琴，忽然门被推开，查安全卫生的阿姨进来严肃地说："谁在刷锅呢，宿舍不准用电饭锅你们不知道吗？！"

真是瞎了我的狗眼

高一去学校报名，班主任看见我说："一看你就知道你很本分，好好学习啊。"我没说话。一个月后，我在他办公室。他又说了一句："第一次见到你真是瞎了我的狗眼！"办公室很多老师，我忍住了没笑！

二货小狗

刚刚老爸出去放炮，我们家二货小狗很好奇地跟了出去，然后，这货现在默默地颤抖着趴在我怀里……

人格分裂

同事带我们去一个偏僻的农家乐吃饭，有个上小学的小姑娘给我们端菜。端第一道菜扎着头发，端第二道菜又披着头发，来来回回好几次。我就问同事：“这小姑娘是不是人格分裂？”同事说：“这是双胞胎。”

过年不谈婚事，我们还是好亲戚

怎么有种淡淡的忧伤

小明在 ×× 工作，局里最漂亮的妹子有男朋友了，暗恋她的小明很郁闷，想着自己的女神在别人怀抱，心里很不是滋味，经常愁眉苦脸唉声叹气。同事问他怎么了，小明说："唉！局花让人抱了！"

过年不谈婚事，我们还是好亲戚

我三姑今年 60 了。以上为背景。昨天亲戚们都在三姑家，小姑问我有没有女朋友了，我说有了，明天就去女朋友家。我三姑突然开口了：原来有女朋友了啊，吓得我还没敢问你，网上不是说了吗，"过年不谈婚事，我们还是好亲戚！"全桌人笑喷啊……

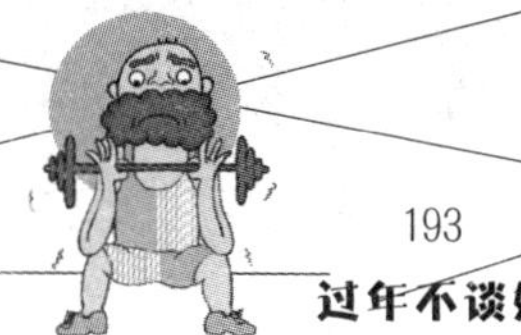

女人的力量

女人的力量是看时间的！白天的时候，她连一瓶饮料都打不开，晚上的时候，被子怎么我都抢不过来！

我和你们不同

你不努力，很大程度上取决于你身边的人，他们是不是跟你一样安于现状，得过且过，庸庸碌碌。我和你们不同，我接触过许多优秀的人，发现了和他们的距离，而且永远赶不上，所以努力不努力都一样，我也就没努力啦！

这好像不是面包

初一年级上学期的时候，我还是一很萌的小男生，一天一女生从书包里拿出一面包，我就趁她不注意也拿了个，被发现了我就跑，边跑边用嘴撕，撕开就往嘴里塞，塞到一半的时候感觉不对劲，怎么那么大一团棉纸？后来才知道，但我含着跑了半个教学楼……

教女儿认东西

拿了本画册教女儿认东西。

我指了指一个红红的石榴，问："知道这是什么吗？"

女儿瞄了眼，朝我摇了摇头。

我便一字一顿地教道："是石榴，来，跟妈妈说，石榴。"

接着，我又指着旁边的另一个一模一样的石榴，

问她："这个又是什么啊？"

女儿一看，笑嘻嘻地嚷道："这个我知道，是十七。"

这是不是就是传说中的坑

我男朋友的战友，当兵三年没回家，年前终于有假可以回家了！特兴奋！但是因为是临时通知还是什么加上又接近年关，机票不好买，让一朋友帮忙订的机票！你能想象当他兴高采烈地去换登机牌的时候，发现身份证号是他朋友身份证号吗？这是不是就是传说中的坑？

八戒其实很聪明的

唐僧师徒来到一家饭庄化缘，掌柜："长老要点儿什么？"

唐僧："别人吃剩下的即可！"

悟空说："给我来碗剩饭吧。"

沙僧："给我来碗剩汤。"

八戒："给我来个剩女吧。"

都给我站住

中专时候的事，话说我们半夜翻墙回学校。一群人偷偷摸摸地从围墙下猫着身子走，突然后面冒出辆摩托车。车上警察说：都给我站住！然后一群人傻眼了。警察说：干吗的？我同学说：嘘，小声点，我们是学生。说着把学生证掏了出来。然后这警察看着我们翻进了学校……

我准备找他拼命

笔记本搁在地上充电，让办公室一二货同事当成电子称上去就给我踩爆了！

二货男友玩游戏

二货男友玩游戏被骗 1200 块，报警后被告知不够 2000 没办法立案。强大的二货又往那个账号寄了 800 块。你说那骗子是开心呢，还是开心极了呢？

熊孩子，打不死你！

儿子："爸爸，我要得了 100 分，您会奖励什么给我呀？"

爸爸："10 块钱。"

儿子："那先奖励我一半吧，我刚得了 50 分。"

妈妈生病了

妈妈生病了，爸爸一早带她来医院，一直陪着她。中午妈妈在挂点滴，没力气又没胃口，爸爸出去买她最爱吃的大草莓，洗好拿给她吃，妈妈摇头，爸爸就自己吃了。过一会儿又拿一颗到妈妈嘴边，妈妈又开始吃力地左右摇脑袋，爸爸又自己吃了。妈妈急了，虚弱地说：把我围巾从我脸上拉下来一点，你个蠢货。

我外甥已经决定再也不理我了

我外甥已经决定再也不理我了。因为今天下午带他逛街，偶遇一年轻貌美的男性，我就立刻把他丢开，保持距离。但是实在来不及了，我就蹲下来一脸慈祥地问他：“小朋友是不是走丢了，你妈妈叫什么名字？”

如果我暂时嫁不出去

一MM发了条微博：“爸爸妈妈，如果我暂时嫁不出去，你们先别急，估计上帝是随机发货的，我那口子就是运气背了点，被排得靠后了……”一个小时后，她登陆微博，发现收到了上百条私信：“亲，可以货到付款吗？”“包邮哦亲！”“亲，七天无理由退货……”

好像你很有钱？

如果买衣服的时候，营业员鄙夷地说：“这个衣服很贵的，不买不要乱碰。”不怕，你就回答她说：“好像你很有钱？你有钱就不会出来卖了！”

机智的大哥

大哥弄了一支甚重的自动步枪在家里，每逢大嫂发脾气，大哥总是二话不说，到旁边擦步枪去了。大嫂便吓得面容失色，一场内战还没开始，就结束了。我忍不住问大哥：“大嫂怕你杀她？”大哥很得意地说：“哪里，她是怕我自杀。”

我是该高兴吗?

本人女，前几天朋友介绍了一个相亲对象，见面后介绍人说男方对我比较满意的，问我什么意思，我内心觉得不太喜欢，但是又不知道怎么拒绝才不伤人，于是就没说什么，后来对方又约吃饭又约看电影，我觉得这么拖下去也不好，于是果断卸妆赴约，果然就没有消息了，我是该高兴吗?

我闻一下而已

一天中午，和宿舍一奇葩舍友去食堂打饭，忘戴眼镜。由于近视，他探头进入打菜窗口。阿姨说：同学，这里吃还是打包?奇葩舍友说：没有，我闻一下而已，闻一下而已……打菜阿姨凌乱了，我也凌乱了。

朋友的奶奶健忘

朋友的奶奶年纪大了，健忘。他放假回家，奶奶可高兴了，天天让朋友吃这吃那的。过了大半月奶奶终于熬不住了，问朋友的妈妈："这是谁家的孩子这么讨厌！天天赖在咱家混吃骗喝的！"

你吃的是挂面吧?

一哥们儿发表的心情："为了努力学习不挂科！晚上吃了三次面，看在面的面子上老师你就让我过吧！"神回复：你吃的挂面吧，挂面……

想要的年终奖

刚刚听电台问你想要的年终奖是什么？我好想告诉主播，我想要的年终奖就是给我一个女朋友，可以被针扎不会跑气的女朋友！

你也不必守约

“你不是答应过我要好好学习吗？”

“我答应过，爸爸”。

“我不是说过，你不守规矩就要揍你吗？”

“是的，爸爸，可我没有守约，你也不必守约呀”。

好厉害的亲妈！

我：“妈，我桌子上火车票呢？”

妈：“哦，让我退了，过年相完亲再走”。

我：……

上帝给你关上一扇窗

啊，上帝给你关上一扇窗，一定会给你打开一扇门。对的，比如没有给你美丽的容貌，就会给你一身厚实的肥肉……防寒。

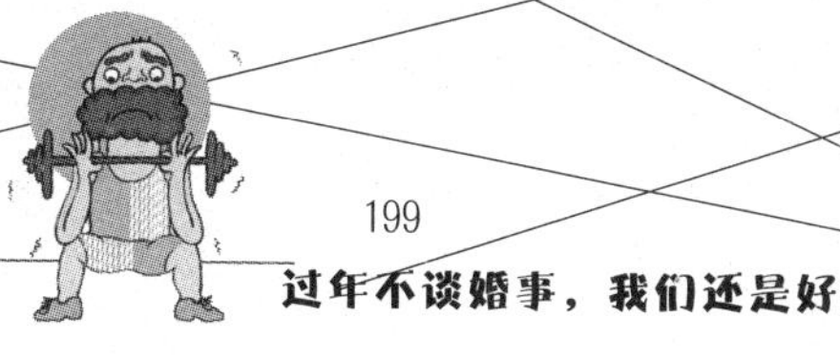

这是个忧伤的故事

家里有老鼠老咬烂东西，去要了一只猫回来，现在猫代替了老鼠的工作！

二货欢乐多

今天和哥们儿一起闹着玩，不小心捅到了他的右眼。他以迅雷不及掩耳盗铃之势迅速蹲下，捂住了左眼。我大惊：“没碰到这只！”哥们儿说：“我看我的右眼瞎了没！”

神回复选手

小华：“因为卖房，我的口袋里总有一串钥匙，我什么时候才能有把自己的钥匙呢！”

小明：“你配一把呗。”

小华：“我咽不下这口气。”

小明：“那你什么时候咽气呀！”

咦？好像有哪里不对

小家伙以后肯定有前途！

家有一岁半小正太一枚，平时特别调皮而且还是个小财迷。大年初一去烧香，走到门口的时候有几个老奶奶在门口趴着要钱，儿子看到人家碗里各种硬币纸票，见钱眼开的小家伙伸手就把人家碗给拿走了。

咦？好像有哪里不对

上个月办了张全城通公交卡，今天坐公交，平时三块的，怎么才收一块八，我看错了吗？然后我又刷了一下，还是一块八，太开心了，于是我又刷了一次，还是一块八，真的哦，太好了……这个……那个……众人的眼光怎么都在我这儿啊？

又学了一招

有一个男的，对一个女的死缠烂打，但是那个女的不喜欢他。

女：“我是一个肤浅的人，你恰好跟我相反。”

男：“嘿嘿，偶很有内涵对吧？”

女：“不是，是肤深，传说中的皮厚！”

哥们儿你真够意思

和女神去农场玩，哥们特地嘱咐我要和女神一起穿红的衣服，我一开始搞不懂为什么，不过还是照做了，到了农场一只公牛向我们奔来，我把衣服脱光了，女神犹豫了一下还是把上衣脱了下来，我看着波涛汹涌的身材真想对哥们儿说，你真机智。

我真的已经见过他了？！

据说，如果你年满 16 岁，那么你有 84%的概率已经和你的结婚对象见过了。此时我一想到我身边的大群坑爹的朋友，内心陷入深深的忧伤与不安。

压“碎”钱

刚到家一会儿，几个亲戚就领着熊孩子来串门，一群小家伙把我团团围住：“叔叔叔叔，我们要压岁钱！”余光瞄到亲戚们暗自得意的表情，我不慌不忙，微笑着掏出几个硬币对熊孩子说：“拿去吧，试试你们能不能压碎钱！”

然后迅速转身进屋……

多么痛的领悟啊

记得以前追妹子，总被拒绝，拒绝的理由出奇的一致："你是个好人，我们不合适。"这么不搭调的理由，一直想不通，多年的历练，才明白其中的潜台词："你要再坏一点，我就从了！"

过年聊天大招

"工作待遇怎么样啊？"

"太低了，给点压岁钱吧，资助我一下！"

"找女朋友了吗？"

"没找到，给点压岁钱吧，我去追女孩！"

"准备啥时候买房啊？"

"买不起，给点压岁钱吧，我凑钱买房！"

珍惜农民伯伯的劳动成果

男友去饭店吃饭，吃着吃着，他看到桌上有几粒米饭，就想肯定是自己不知道什么时候掉的，要珍惜农民伯伯的劳动成果。所以没再多反应反应，抓起饭就往嘴里塞。结果吃完，他突然僵住了，他是在吃面啊……

我可能得了痔疮

去医院，看到医生正在用笔记本看电影。我打断对医生，说，我可能得了痔疮。然后医生说你去缴费，回来我给你检查。刚出门发现自己包没拿，回去拿包包，发现医生正在用电脑笔记本百度“痔疮怎么治”……

孩子，你太霸气了

记得初中时老师出了个半命题作文《××压力》或《压力××》。我们都写了“成长的压力”“考试的压力”或是“压力下的我们”。唯独我们班一旷世奇才写了一篇说明文——《压力锅》。

这人有背景

我是警察，刚得到消息，一男子带小姐宾馆开房，我跟同事第一时间赶到宾馆查房。我：你上楼检查，我守楼下。一会儿同事下楼：这人有背景不能抓。我看旁边挤满了人：秉公办理，就算老子也得抓。同事又上楼把人带了下来，我一看傻眼了，这人果真惹不得。那人走到我面前给我来了一巴掌，骂道：你这个不孝子……

我们还是离婚吧

阿呆嗜酒如命，妻子非常生气。

妻子：再喝酒就离婚！

阿呆憋了两天没喝酒。

第三天妻子见阿呆在屋里发呆。

妻子：怎么啦？你想什么呢？

阿呆：我们还是离婚吧！

年终奖多少？

我问同学，年终奖多少？

同学：给个 P！

同学：有个 P 也不错啊。礼分量轻，味道重啊！

还是有线耳机好啊

今天一向很淡定的哥们儿，表情凝重地望着戴着耳机听音乐的我，我在想怎么了这是，他深呼吸后对我说，“还是有线耳机好啊！”我就纳闷了，此话何来，他几乎流泪地跟我说，“电话让人偷了，离了蓝牙范围我才知道，要是有线耳机，我不打死那贼！”我一阵无语……

可爱的妈妈

儿子 6 岁，刚和老婆吵架。为了争取中立儿子向着她，二货老婆居然对他说：“儿子，妈怀你时你爸怕我们拖累他，非要去医院打掉你。是妈妈满地打滚才保住你。”你叫我怎么面对他？

你拉个皮箱干吗去?

我哥长得高达一米九二，找了个女朋友才一米五多点，奶奶在胡同口闲坐，看我哥和小女朋友出门，大清早有雾又赶上我奶奶眼有点花，冲我哥的背影喊："斌斌，你拉个皮箱干吗去啊？"

你是我的眼

朋友在唱《你是我的眼》。

当唱到："你是我的眼……"

我问："左眼还是右眼？"

这货居然不假思索地回答："P 眼。"

妈，你是我亲妈!

大龄剩女一枚，今天在街上捡了只狗狗，没人要看着可怜就捡回来了，老妈大怒，今天捡个狗，明天还不捡个人回来呢！爸说，捡个人好呀，正好捡个小伙回来！妈说，人家不喜欢小伙，不然能到现在都嫁不出去?！

鞭炮声震天欲碎

一个字：累。

两个字：消费。

三个字：大聚会。

四个字：胡吃海睡。

五个字：短信满天飞。

六个字：大家拜年贺岁。

七个字：鞭炮声震天欲碎。

八个字：探亲旅游纯粹受罪。

九个字：酗酒深醉伤身又伤胃。

十个字：长假放纵后还是回原位。

问一句，是不是亲妈？

高中毕业时，我想把这几年攒的压岁钱拿来买辆摩托车，但被我妈阻止了。她说，她弟弟也就是我小舅，就是在 18 岁那一年因为一场可怕的摩托车事故而丧命的，所以——我用他的那辆摩托车就可以了。

咱能举点别的例子吗

坐在沙发上跟我妈聊天，说起我男朋友。我说，他特别听话，我让他干啥他就干啥。我妈随口一接，嗯，你让他放个屁，他没屁能给你挣一个放出来吗？我想说，妈，咱能举点别的例子吗……

裤子都脱了，你就给我这个？

半夜在外面吃宵夜，一大婶神秘兮兮地说：“小伙子要丫头不？”愣了一下，心想这行业服务还真到位呀，赶紧说：“来一个。”过了两分钟，大婶端过

来一盘鸭头。

兄弟姐妹真多啊

“妈妈，我找到我的兄弟姐妹了。”

“怎么回事？”

“隔壁的莉莉、小玲，明明都和我一样，是从街口的垃圾堆里捡来的。”

被抢劫

老师检查作业，小胖没完成。老师问：“你的作业呢？”

小胖：“老师，昨天放学时，门口遇到抢劫的，把我记的作业抢走了。”

千万不要放弃治疗

真是好孩子啊

“妈妈今天老师提问，只有我一个人能回答。”

“嗯，真是好孩子，老师问的什么问题？”

“谁把教室的玻璃打碎了？”

“是我。”我大声回答老师。

千万不要放弃治疗

颜容憔悴的病人对医生说：“我家窗外的野狗整夜吠个不休，我简直要疯了！”医生给他开了安眠药。一星期后，病人又来了，看上去样子比上次更疲惫。医生问：“安眠药无效吗？”病人无精打采道：“我每晚去追那些狗，可是即使好不容易捉到一只，它也不肯吃安眠药。”

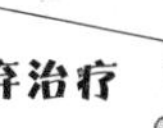

总觉得哪里怪怪的

晚上又要洗头又要洗衣服，想着先把衣服泡上再洗头，放水，调好水温，放好洗衣粉，搅和了下，一头扎进了脸盆里。

你TMD这是在逗我？

某妇："拆字先生，请你代我写封信给我丈夫。"

拆字先生："好！你要写什么？"

某妇："哦！那是极秘密的事情——"

拆字先生："什么秘密？"

某妇："——我不能说给你听。"

那贼子给我下了合欢散

师兄气若游丝地说道："那贼子给我下了'合欢散'，三个时辰内，若不交合，我必定死无葬身之地！万万没想到，在此危难时刻，我竟然遇见了师妹你！"师妹大义凛然，眼神中写满了决绝："只要师兄不嫌我丑，来就来吧。"师兄一脸惊恐："你想多了，我是叫你埋了我……"

皇上得有多丑呀？

公交车上一个小萝莉对她爸爸说："爸爸，你长得真丑！"全车人都在憋

笑，萝莉爸爸尴尬异常啊，就听小萝莉接着说："像皇上似的！"萝莉爸爸顿时哭笑不得。

我早就料到了

经理高兴地跑到我们办公室，温情地说："今天是一个美好的一天，今天晚上也是一个美好的夜晚，今晚就让我们大家一起度过吧！"我一听心凉了，你奶奶的又要集体加班！

这条命是捡来的

上有哥哥姐姐，如今稍微混得比他们舒服些，一天爸妈和老同事在家聊天，人家夸我两句，结果爸妈说，当时我们犹豫半天，差点儿把他计划掉，所以这小子比较珍惜，时刻都想着自己这条命是捡来的。

我什么也不想说了！

今天老公买新手机了，他在开车，我就帮他弄各种设置下载软件。手机的桌面可以放 4 个联系人，我把 SIM 卡的名片复制出来，看到有一个叫老婆大人，我很高兴地就放到第一个联系人的位置上去了。然后试试看打了一下。电话通了，但是我的手机没有响……

过年吃饭的第一感受

过年吃饭第一感受就是：饭桌上平时搬砖的大叔伯伯们个个突然化身为政治家、军事家、经济学家、社会学家、电影资深评论人，阿姨妈妈们化身娱乐圈资深评论家、高级营养学讲师、知音故事会撰稿人、民间奇闻逸事脱口秀主持人。

为什么地球会自转？

发一个现成的。今天我侄子问我姐：为什么地球会自转？我以为我姐会说一堆哲理，谁知道我姐说：大概几亿年前被扇了一巴掌后吃了炫迈。我当场笑喷了……

一个错误的结果

结婚纪念日上丈夫难为情地说：亲爱的，其实咱们结婚是一个错误的结果。妻喊道：为什么？丈夫：你好好想想，当时我吹口哨是叫出租车，可你却走了过来……

想买房，靠春晚

我最喜欢春晚了，每年就盼着春晚。因为我又中了七个跟春晚有关的各种奖，奖金加起来足够买套房……这年头想买房还得靠春晚……

这是咋了

中午下班和同事去吃饭，路边有一大汉头破血流盘腿而坐。

我问："这是咋了？"

同事："没钱买药，坐地上回血呢！"

家有萌弟

楼主今年24岁，有个5岁的弟弟。一天妈妈和弟弟在去银行提钱回家的路上。妈妈问道："宝贝，如果妈妈有一天不在了，你可怎么办呀。"只听弟弟不以为然地说道："放心吧妈妈，我要是缺钱，可以去银行的提款机里提啊。"

同学聚会

姐："去年春节开同学会，成双的一桌，光棍的一桌。今年同学会，已婚的一桌，恨嫁的一桌。看这架势，明年就是抱崽的一桌，绝后的一桌了。"

我妈："想开点，我们现在是二婚的一桌，原配的一桌。过几年就剩一桌了。"

你瞎啊

坐火车，挨着我坐的是一女孩，长得挺可爱，我便上前去搭讪，于是我决定从星座入手："那个，你是啥座的啊？"女孩看了我一眼说："你瞎啊，硬座！"

对付贱女人的方法

一次走夜路，路上没几个人，不小心碰了一个女的一下，目测 20 多岁，我小声说对不起，打算走人，那女的说了句 SB。哥索性掉头就跟着那女的走，那女的发现我跟着她，然后越走越快我就越跟越快，后来她开始跑然后我也跑，等听到她的哭腔以后哥才满意地掉头走了。

明天就去辞职

我的一位同学，说一想到自己年年春节加班，晚上就辗转反侧夜不能寐，直到暗暗下决心：明天就去单位递交辞职书！第二天太阳升起来的时候，他鼓足勇气——去加班了。

我要让你忘不了我

一女在发呆中，她的男神突然走过来："我要让你忘不了我。"女羞涩，低声："真的吗？"男神："真的，借我点钱用一下。"

我是有多土?

本人大学生一枚，一直素颜朝天，牛仔裤板鞋，一身休闲装，出门不提包，昨天晚上老妈突然说："咱们家明年要解决的问题就是你很土的问题。"瞬间觉得我成为全家人的焦点了。

我想去动物园

二货问她女友说：“如果让你去一个地方，你会去哪儿？”女友回答说：“我想去动物园。”谁知这货来一句说：“你也知道动物园缺恐龙啊？！”

女人喜欢啥样的男人

爸爸告诉我：女人喜欢很有钱的男人；妈妈告诉我：女人喜欢有貌的男人。我翻翻钱包，又照照镜子，然后我哭了……

想找个人亲嘴

晚上回来的路上，和一个女同事同路。我们一前一后走进一个长长的地下通道，她突然停下来，背对着我说：“嘴巴好干，想找个人亲嘴。”我看了看四下无人，几步走上前，看着她说：“这么晚了，你让我去哪里给你找人呀？”

女儿啊，你以为爸不想买一个？

今天带着 4 岁的女儿到自动取款机取钱。取完钱后，见女儿呆呆地望着取款机，问她怎么了，答：爸爸，我们家也买个这种机器吧。

我那脆弱的神经寸寸断裂！

美女你好漂亮

同事男：“哎，美女你好漂亮！”

同事女：“你长得也不赖！”

神插话：“你俩真会开玩笑！”

过年期间的奇遇

朋友说快过年时候，会碰到很多奇遇。当你走在路边，看到一坨在冒烟的大便时，不要好奇，更不要去看。因为那一团团炸飞的屎星，会让你那脆弱的神经寸寸断裂！

哥的小小心意

过年了，新年邻里之间互相拜年，我楼上住了个正在读高三的小弟，以前来我家做客的时候毁了我不少手办公仔。听说他买了个新 iPad 但是上不了网，没什么，我只是把我家 Wi-Fi 密码写在红包上给他了，小小心意，祝他复读愉快。

今天心情不错

今天心情不错，对 3 岁半的儿子各种逗，结果这家伙淡淡地来了一句："爸爸，你别闹了行吧，都这么大了，干点正经事行不？"我……憋到内伤……

爸，你是我亲爸吗？

本人女。一天，和爸爸在看电视，我对爸爸说："爸，你口味真重，找了个我妈那样的。"爸爸看了看我说："这算什么呀，我上辈子口味更重！"

妹子，我只能帮你到这儿了

坐长途车，一个妹子可能是晕车，碰巧我俩都是一站下车。她吐半天都没吐出来，回身我冲她微微一笑，就吐了……妹子，我只能帮你到这儿了。

祝福短信

一个朋友给我发来“马年快乐”，我看了看，他给我发的上一次消息是“蛇年快乐”。

你比他们幸运多了

很多情侣的爱情都是很艰难的，相识的时候百转千回，相爱的时候重重阻挠，修成正果又要磨合过日子，磨合成功后感情却又趋于平淡了。相比而言，你比他们都幸运多了，你没有情侣。

我有那么光彩照人吗？

“哪怕我面前站着十个美女，只要你一出现，她们就会黯淡无光。”“讨厌，我有那么光彩照人吗？”“没，是你太胖了，挡住了光。”

如何在面试中脱颖而出

妹妹跟我说了一个同学的神奇求职经历：一个各方面条件都很普通的胖男生去面试，人事跟他说，我们这一行水很深哦！男生就双手插着肚腩爽朗地说：我知道，所以我自带救生圈了。于是就这样脱颖而出了……

奇葩老师一朵

考前动员的时候，数学老师喝了点酒在讲台上说："教书是一场盛大的暗恋，你费尽心思去爱一群人，最后却只感动了自己。真是学生虐我千百遍，我待学生如初恋。快过年了，曾经怕自己一个人考不好，现在怕一群人考不好……各位同学，你若不离不弃，我必生死相依，你若自我放弃，我也无能无力。"顿时全班掌声雷动……老师你刚失恋吧!

大伯，我买一袋盐

A："大伯，我买一袋盐。"

B："我有那么老吗？"

A："好吧，大叔我买一袋盐。"

B："我比你大不了几岁。"

A："大哥，你怎么脸色这么难看？"

B："我就长得就那么像男的吗？！"

我无语了啊

今天跟宝贝在家看动画片，电视剧说好孩子吃饭不挑食！就在这时！宝宝突然瞪大眼睛问我：妈妈，吃饭不挑屎？我无语了。

不知道大家有没有发现

第一：为什么别人发一句话或者写个说说会有几万条转载，而自己写句话就有人回复 SB。

第二：为什么别人的 QQ 发网上，上面写某某明星的 QQ 会有好多人加。而自己的发上去，没人加就算了，还有人说很自恋。

第三：为什么别人把自拍照放空间，大家都评价漂亮。而自己放上去，别人都说，为什么我当初眼睛没瞎。

这饭还怎么吃?

前几天出门看见一个帅哥，妹子我在朋友怂恿下就上前搭讪了，成功要到手机号。昨天约他吃饭，他打电话说叫了朋友一起，我一见吃了一惊，那货居然是我前男友，这饭还怎么吃?

物归原主啊?

门诊前坐着俩男孩。护士看见问："小朋友，哪儿不舒服"？小胖："我吞下一个玻璃球。""那你呢？"护士问另一个。"我在等那个玻璃球。"

莫名的感动

昨天深夜，我骑着单车回家，由于没有路灯，所以骑得比较慢。后面来了辆小车，慢慢地跟着我，还时不时地用远光灯为我照亮前方的路，在这寒冷

的夜里，让我心中有种莫名的感动……一分钟过后，后面的开始按喇叭，那人伸出头来说：“你丫的，别骑路中间啊！”

我是不是明天不用上班了?

今天我们演出，最后所有人照相，我前面是个领导（秃头），我结结实实地打了喷嚏，喷了领导一脑袋，我能说我一着急还用手给他蹭了蹭吗，领导回过头意味深长地看了我一眼，我是不是明天不用去上班了？

别问了，刚把我哥打死了

就在刚刚，我在做面膜，白色贴膜的那种，想要吓唬一下在玩电脑的哥哥，结果哥哥没有任何表情，默默摘下耳机对着我说：其实我觉得你摘下面膜来更吓人。

真的是这样

记得参加工作实习的时候，培训师讲了一句话：有关系就没关系，没关系就有关系。工作两年之后，发现，真的是这样！

买双手套

今天去逛街，天气太冷，就想要买双手套，去了一家商店，看上一双手套，上边标价 35，去付钱的时候，我和老板商量，我说 30 得了，老板死活不

肯，我心想算了，从兜里掏出 50，老板就给我找了 30，老板，你是钱挣太多了吗？

做人要心胸宽广

徒儿，做人要心胸宽广，你看那位女施主，胸怀多么宽广、柔软、有弹性……

那不还是智障吗？

小时候第一次语文考试只考了 27 分。妈妈怀疑我是智障，发下卷子一看，我呆了，那卷子竟然还有背面。背面。

终于知道我为什么是个女汉子了

我终于知道我为什么是个女汉子了。前天在街上看见一小萝莉跌倒，她爸爸马上跑过来抱起她：哎，乖乖，不哭不哭，爸爸亲亲……我想起我小时候，有一次跌倒了，我爸在远处吼：摔倒就自己爬起来，扭扭捏捏一点不像爷们儿！爷们儿？

好体贴的女同事

和一个女同事认识快一年了，发现她的手机壁纸一直是关羽，一直没换过，我就问她：“你手机壁纸怎么一直是关羽啊？”她说：“关羽在此，尔等

瘦死！”

老子要对你不客气了

男女两人在众人面前吵架，女友不顾老公面子，顺手就给男友一耳光。男友大怒，对女友大吼道：你敢打我，你再打这么轻，老子就对你不客气了！

你今天穿了吗？

传说中：大年初一，所有女生都不能戴胸罩，寓意新的一年没有凶兆。大年初一，所有男生都不能穿裤头，寓意新的一年没有苦头！

万事俱备

我一个朋友在说说里写：我要去旅游，万事俱备就差工资了。我笑了笑在他说说下评论说：我要去结婚了，万事俱备就差女人了。

怎么和土豪做朋友？

A：怎么和土豪做朋友？

B：土豪，我是你失散多年的弟弟，土鳖啊！

我们的理想

今天班长问我们的理想，一哥们儿说：娶一个媳妇生几个娃……然后，旁边一哥们儿来了句：我差不多，娶几个媳妇，生一个娃。

大过年的

又到了一切矛盾都可以用“大过年的”四个字解决平息的时候了。

你闺女真有男人味！

一会儿再来一下

小时候，偷偷爬进沙发下面的空隙里，等老爸路过沙发时，突然伸手抓他的腿。老爸嗷的一声，吓得一蹦，把我从沙发下面拽出来，刚要抽我。突然想了想，又笑呵呵地把我塞进去，说：快进去，一会儿你妈就下班了，你再来一下，还转身去门口藏起我的鞋。然后，晚上老妈抓着鸡毛掸子满屋地抽我们爷俩……

你闺女真有男人味

今天无意间听到老妈对老爸说，你闺女真有男人味！

狐狸精长啥样了？

甲："我们全家人都喜欢动物。"

乙："都喜欢些什么动物呀？"

甲："妈妈爱猫；哥爱狗；姐姐爱小白兔。"

乙："那你爸爸呢？"

甲："妈妈说，我爸爸就爱隔壁的那个狐狸精！"

神经错乱的人

同事小吴换了一身春装，很得意地对美女小王说：帅不帅？美女小王仔细地打量着小吴，说：服装这东西吧，如果有一个款式，你是第一个穿，那叫前卫；大家都开始穿，那叫流行；大家都穿了一段时间了，那叫过时；大家都不穿了，你还在穿，那叫老土；最后地球人都不穿了，你还在穿，那叫个性！小吴问：那我这身搭配呢？小王：看你的帽子，前卫！衬衣，流行！外套，过时！裤子，老土！休闲鞋，那叫一个性！小吴：总的来说呢？小王坏坏地一笑：总的来说，只有神经错乱的人，才能穿成你这样！

男人哭吧不是罪

周杰伦对陈小春打了套《龙拳》，陈小春事后说《算你狠》。周杰伦又对刘德华使了《双截棍》，打得华仔流下了《孤星泪》，吕方过来劝道《朋友别哭》，华仔哭道：《男人哭吧不是罪》！

我太帅了怎么办

1. 我特帅，所以我们班班长为了引起我的注意总是变着法地接近我，比如经常性地安排我扫厕所、倒垃圾……企图用这种方式引起我的注意……

2. 一次我约暗恋已久的女同学到学校小树林玩，女孩羞羞地来了，偷偷抬头看了我一眼又羞羞地低下了头，我想她一定被我帅气的打扮所倾倒了。半小时后我们愉快地道别，谁知这事女孩告诉了班主任，班主任罚我扫厕所，理由竟然是……我扮鬼吓唬女同学！

给奶奶吃了

孙子：上课，我打瞌睡，老师又问我："延边朝鲜自治州（粥）在哪儿？"我没听清，就答：给奶奶吃了！结果给老师气得打了我一顿！奶奶：这老师太不像话，不就一点粥吗？有什么大不了的，明天给他煲一锅！

迟疑不决的毛病

"你是不是有迟疑不决的毛病？""这个嘛……我不确定。是有人这么说，但也有人不这么认为，有时候好像是，不过，通常都不是。唉，我仔细想想，明天再告诉你吧！"

人生也跟长江差不多

陈总的孩子在初中时成绩优异，结果被选拔进了市里的一所重点高中。

从此，他的孩子学习再也无法像以前那样名列前茅了，孩子很失落，甚至认为不该进重点高中。陈总安慰孩子：“你看长江，在源头时被称为‘中华水塔’，实在高啊，中游被称为‘九曲回肠’，充满曲折，入海口就与大海一样平了。人生也跟长江差不多，小地方显山露水，大地方平平稳稳就不错了。”

不咬你就说明原谅你了

前几天我的一位好友和大家一起走在路上有说有笑，走的时候没注意，一脚踩在一条狗的尾巴上，狗本来趴着的，被这位朋友一踩嗷的一下就跳起来，他也被吓了一跳，连忙跟狗说了句“对不起对不起”，可说完又顿时感觉不太对，就又鬼使神差脱口而出了一句：“sorry！”这时旁边的一老头发话了：“你说什么它也听不懂，没事儿，不咬你就说明原谅你了。”

上课感觉犹如坐火车

上课感觉犹如坐火车。在固定的时间，一群陌生人坐在了一起，列车员的声音不绝于耳，兜售着些什么，只有少数人在意。有人酣然入睡，有人摆弄手机，有人与旁边的人搭讪聊天。到站后人们一哄而散。很少有人去欣赏沿途的风景，只是关注着列车何时到站。

适当给予赞美

小王老是交不到女友，一天找情场高手请教。高手说：“交女友，最重要就是适当是给予赞美。例如她的眼睛飞进了一只蚊子，你要说是她的眼睛大。”

小王记住了，周日就约了一个女孩去爬山。山上，那女孩的嘴里飞进一只蚊子，小王就说：“你的嘴巴好大啊！”

要个子高的

黄大妈给一姑娘介绍对象，小伙子浓眉大眼，挺有精神。可是小青却嫌弃人家个头太矮，说是“二级残废”。她对黄大妈说：“我要找个 1 米 75 到 1 米 76 的。”过了几天，黄大妈按她的标准找了一个。一见面，小青就生气地问黄大妈：“你怎么给我介绍个瘸子？”黄大妈说：“你不是要 1 米 75 到 1 米 76 的吗？他左脚着地 1 米 75，右脚着地刚好 1 米 76。”

为什么追他

一天，在地里看到一个人正在追另一个人，边追边喊：“你给我站住，你给我站住。”这时候，正好前面有几个人走过来，听到喊声马上把前面这个人拦了下来，并打了一顿。等追的人到了后，这帮人问：“好了，我们帮你教训他了，你为什么追他啊？”这个人喘了半天气说：“这小子，涨了工资不请客。”

水龙头

海龙王在海底混腻了，跳槽到陆地应聘水务管理，他勤恳工作当上了水务领导，人们亲切地称呼他“水龙头”。

文化传承

老师在课堂上讲人类文化传承，取其精华，剔除糟粕。一个学生说：“长征取得了胜利，但是很多人重走征途；盟军早就解散，许多人还是喜欢抢滩登陆；运动叫停了，人们还是疯狂斗地主。”

找工作

山上又失火了，大片的林木被毁坏，村长组织村民上山救火。救火是有钱拿的，村民们当然愿意。无奈火势太大，人手严重不足，村长向社会有酬地招募救火者。一人一直在找工作，正在为没工作而烦恼，听到这消息后急忙赶往村长办公室。一见到村长他就问道：“村长，你这救火工作多少钱一月啊？”

夜夜输钱

一日，几个朋友在一起议论取名。一人说，按中国传统的“五行——金、木、水、火、土”比较科学，缺什么就在名字上补什么。

甲：你那小孩缺什么？

乙：不清楚！没有研究。

甲：不会缺水？

乙：不会！每天夜里换好几块尿布，就是水多！

甲：缺金吗？

乙：他缺金？我还缺钱呢！我这辈子缺的就是钱！

甲：那你名字应当补含“金”字旁的字！你姓“叶”，“书”字辈，后面

加个“钱”，叫“叶书钱”，你爸爸很有学问，改的名没错！

乙：还说没错，我每天晚上打麻将，夜夜输钱！

那你叫吧

家有3岁正太一枚，今天跟一哥们儿打电话，为了说服儿子叫哥们儿一句叔叔，下面是对话内容。

我：叫叔叔，叔叔给你买糖吃。

儿子：不叫。

我：是你不会叫叔叔吧？

儿子：你会吗？

我：会。

儿子：那你叫吧！

男人是一本书

男人是一本书：

英俊的男人犹如一本精装的书籍，装帧精美；

高深的男人犹如一本辞海，其厚重令人望而生畏；

平凡的男人就像一本新华字典，浅显易懂；

多情的男人犹如一部通俗小说，趣味不高，只供消遣；

未婚的男人若随笔散文，轻松随意；

已婚的男人犹如一本借来的书，越读越精彩，却突然被告之，借期已到。

咱消费不起

一天，我和彪哥出去吃饭。路过一家小餐馆，我刚要进，彪哥把我拉住，说："别进，这地方不是咱消费得起的！"我一看，这也不是什么大酒店，就是一家小餐馆而已，有什么消费不起的呢？彪哥见我不解，又说道："这家我以前来过，在这儿吃完了就得去医院检查一下胃。现在医院贵呀，咱消费不起。"

武侠剧情节

小时候和对门的小伙伴玩得很欢……那时候小伙伴就提议要结拜！我那个激动啊！终于能体验电视上的武侠剧情节了……于是乎烧香拜天地，结拜为兄弟，高潮是……第二天我又体验了一把武侠情节……割袍断义！我的新衣服啊……回家果断一段二人混合双打。

乳名的由来

我出生时遇计划生育要罚款，家父没钱欲到银行贷款，填写资料时在贷款用途一栏，爸爸沉思良久挥笔写下：购牛！然后我的乳名就有了。

好险哪！

去年五一的时候被拉去相亲，那妹子长得还挺漂亮的，但见面了两次，觉得不是很投缘，就没继续下去。就在元宵节那天，一个相互都认识的亲戚跟

我说那妹子生了个女孩……我当时没在意，还想着是不是要封个红包什么的，后来掐指一算才发觉自己惊险地躲过了一劫啊……

说一不二

甲：你怎么闷闷不乐？

乙：唉，我的一个提议又一次被老婆否决了！

甲：难道你在家里一点地位都没有吗？什么都要听老婆的吗？

乙：唉，是的！

甲：你真给我们男人丢脸！

乙：听你这么说，你一定不怕你的老婆了！

甲：那还用说！我在家里那是说一不二！

这时甲的老婆走过来了……

甲慌忙大声喊道：老婆说一，我绝不说二！

最好笑的笑话

从前，有个富翁爱听笑话，谁把他逗笑就赏黄金。富翁听的越来越多，越是难以笑得开怀。穷书生迫于生计，也去讲笑话。那天，穿过雕梁画栋的长廊，来到富丽堂皇的府邸正厅，富翁和达官贵人们正襟危坐于堂上。穷书生扑通一声跪下，讲了一句话，把在场的人笑得人仰马翻。他说：我们穷人也是有尊严的。

身份证不是万能的

前几天的事情，我人在公交上，到站的时候上来两个小伙子，前边那个刷了一下公交卡，后边那个很牛的，头都不抬，去刷了，一下，两下，咦怎么刷不上呢？把人家机器给关了再开，还是刷不上，这期间司机一直看着不说话，最后忍不下去了，说了句，你身份证上有钱啊？！

请大家帮我起个新网名

空间一妹子说说写道：请大家帮我起个新网名？要有女性化，还要略带一丝忧伤，最好能听起来高贵典雅一些，谢谢大家啦！ 下面一朋友回复道：爱新觉罗痛经。我默默点了个赞……

到监狱享福去了

某男入狱服刑。他是贫困山区人，老婆孩子探监时，他端出监狱食堂的饺子招待。他家人大吃一惊，这日子比家里好多了。老婆回村以后一说，他老丈人专门来信叮嘱：听说你到监狱享福去了，会不会把老婆孩子忘了呢？糟糠之妻不下堂，将来可别把老婆扔了啊！

爱的五层境界

第一层，嫌他脏嫌他臭并离开了他；第二层，嫌他脏嫌他臭却不好意思说出口强忍着；第三层，嫌他脏嫌他臭并大声告诉他让他注意；第四层，他脏

他臭完全觉察不出，即使被恶心得哇哇乱吐也浑然不知；第五层，对他的脏臭产生了依赖，闻不到就会心慌慌的！

没摔倒也要躲着点

这年头什么奇葩事都有，刚路过一个路口，一老太太过马路差点儿摔了，回头跟旁边人说，你是不是刚才伸腿来的……周围人都惊呆了！迅速后撤几步。

防范意识真强

今天去幼儿园接小外甥放学，忘了带接送卡，阿姨为了安全让签个字就可以走了。回来的路上小家伙嘟着嘴还掉眼泪，怎么哄都不行。到家后和他妈妈告状说："小姨签字把我卖了。"你想什么呢，我在你心中就是这么坏的人吗？

我让你嘚瑟

书店选书，选好了去收银台排队，这时候上高中的弟弟给我打电话："喂，哥，听说你失恋了？嘿嘿，老弟表示深深的同情，顺便这次来看我的时候给我和我女朋友带点礼物呀，嘿嘿嘿……"我默默挂了电话，对收银员说："不好意思，那套《盗墓笔记》我不要了，给我来一本《五年高考三年模拟》……"

孩子你是不是知道得太多了？

以不变应万变？

为什么小孩骨瘦如柴，长辈们就会说：“一天到晚只会吃零食！怎么能不瘦！”为什么长大后胖胖的，长辈们就会说：“一天到晚只会吃零食，怎么能不胖！”这是为什么？

孩子你是不是知道得太多了？

一天逗我6岁的侄子，问他为什么飞机飞那么高都撞不到星星啊？本以为他会很天真地说一句“因为星星会闪啊”。结果这货鄙视地看了我一眼说：“你傻啊！飞机连大气层都没出还想撞星星！”现在的孩子都怎么了……

因为我站得比你高啊

有次好强的小儿子问我：爸爸，爸爸，为什么你嘘嘘的时候比我大声？我：因为我站得比你高啊！后来发现，我那欠揍儿子每次尿尿的时候，都要站在椅子上……

吃碗面都不省心

昨天中午路边吃热干面，正吃着往外瞅了一眼，看见有个交警从门口走过，我就在想，哪个倒霉的又被贴条了，然后才想起我的车也在路边，立马跑出去，一张罚单赫然在车上，一碗面真贵啊！老板还以为我吃霸王餐也追出来了。

我当然饶不了他

跟老公聊天聊到孕妇胃口，我说很多孕妇怀孕后胃口大变，原先看着恶心的怀孕了可能就特想吃，原先特爱吃的怀孕后可能看着就恶心。那货思考了一下说，老婆，你现在看着屎就恶心，你怀孕后要特爱吃屎怎么办？各位，我已经收拾过他了。

神回复

一人说：请说出自己最常丢的三样东西，我的是：眼药水，润唇膏，伞。有人回复：自己的脸，爸妈的脸，老师的脸。一排人转发给跪！

医生是把杀人刀

耳朵发炎去医院，我爸爸批评我是平常耳机戴多了。医生连忙帮忙解释道：和戴耳机没关系，可能是脑子进水引起的。这一刀，戳得好深好深……

我也当过一回英雄

我们宿舍在二楼，热水房在一楼。冬天天冷楼梯被大家打水沥下的水淋湿结了冰，哥当年两手持四只最大号暖壶哼着小曲穿着棉托鞋打开水，从一二楼转角处开始咯噔咯噔“坐滑梯”直到楼底，这不是高潮，高潮是哥当时高高地举着两只手，四只暖壶一个都没碎，排队打水的同学们响起了雷鸣般的掌声……

篝火晚会

大海里，小鲤鱼有许多伙伴，一日他们商量一起出去游玩，小鲤鱼一直向人类学习，他高呼：“我们举行篝火晚会吧！”

说多了都是泪

1. 先关掉 Wi-Fi。2. 到我房间把门窗全部打开。3. 把电视放到最大声。不说了，说多了都是泪。

为什么不生个小弟弟？

女儿：妈妈，为什么不多生个小弟弟？

我：为什么呀，有你就够了。

女儿：因为我们家每次都有好多剩菜吃不完，多个小弟弟就可以解决了。

我：……

厕所没纸的短信求救办法

1. 复古型：愚兄失察，忘带厕纸，被困厕中，万分焦急，不忍广大同仁因老夫之过故而憋尿，以防同胞兄弟因尿裤子而闹得夫妻不和，妻离子散。今天下苍生之生死全系贤弟一人，望汝速带厕纸前来相助，救天下百姓于水火。

2. 可爱型：飞流直下三千尺，一抹兜里没带纸，兄弟赶紧来送纸。

3. 威胁型：兄弟，我今天上厕所忘带纸了，现在还蹲着呢，一会儿只能割舍心爱的内裤化解我悲惨的遭遇，不过你放心，一人做事一人当，我肯定不会把用过的内裤放你包包里的，放心好了，我不是这样的人。

4. 镇静型：曾经说过，我们有福同享，有难同当，而今哥遇到了大问题，就看你敢不敢说话算话分担了。还记得我跟你的吗，厕所里是最安全的地方了，这样吧，你多拿点厕纸来厕所，我们边拉边谈，不见不散！

5. 耍诈型：对了，老板刚才打电话过来说他上厕所忘带纸了，你想不想升职啊，如果想的话赶紧麻溜地去送温暖，而且不要多说话，只要把手纸递过去就行，千万别看他，你也知道，老板好面子，不要怪我没提醒你啊！

6. 装 B 型：厕所的手纸一点都不好，跟我光滑的 PP 一点都不配套，擦起来就好像清洁球擦锅一样，你赶紧把我抽屉里的那包餐巾纸拿来，对了，是带香味的那包。

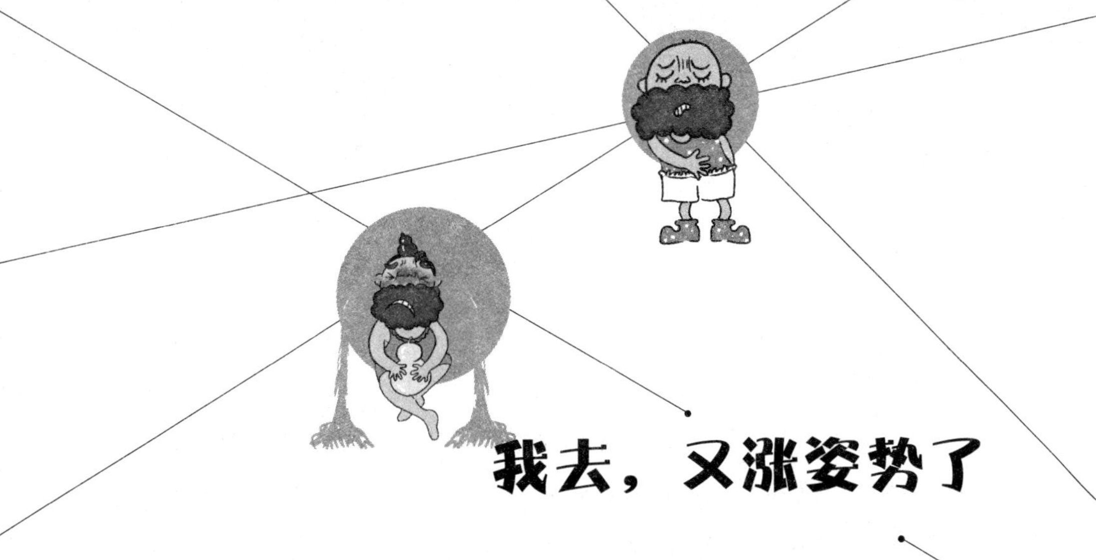

我去，又涨姿势了

1. 我们厂有个小食堂，但里面是分类的，像我们这些一线职工，每天就是白菜、土豆、大米饭，中层管理人员就单独有小灶。一起吃饭时，见他们大鱼大肉，果汁饮料，工人们就会出现各种羡慕嫉妒恨，多次向上反映要求改善伙食。终于得到老板重视，几天以后，食堂里多了一道厚厚的帘子……

2. 以前在一个小公司，才 15 个人，但是气氛很融洽，老板和员工都像朋友，经常 K 歌吃饭什么的。一天，因为公司资金周转不过来，老板沉痛地跟大家说要散伙了。结果前台 MM 不高兴了，说这是自己待过的最开心的地方。然后，她给她老爸打了个电话，就把公司买下来了……

3. 有网友发帖抱怨："盘古至今，我还从未见过哪个男人跟女人吵架能吵赢的，不是暴跳如雷地动起了手，就是沉默对待。这仅仅是男人的问题吗？"神人回复："根据达尔文的理论，以前应该是有能吵赢的，但是后来他们都找不到女朋友，于是就灭绝了。"

4. 一日自习完下楼，以为走我前面的那人是舍友，我偷偷跑上前去朝他

屁股狠狠地踹了一脚，大喊：“你竟然来自习了？！”那人揉着屁股回头可怜巴巴地看着我，颤抖着说：“嗯。”四目相对几秒后，我正犹豫着怎么道歉呢，那人继续道：“大哥，我大一新生，以后不敢了……”

5. 医学院刚毕业，有个师兄喊我去他们科室玩儿，说电视台来采访，能上电视，别穿工作服……去了果然发现有人扛着摄像机，于是我假装不经意地在镜头前走来走去……于是，过几天就看见电视里我忙忙碌碌的身影，同时配音：我市二院引进新型设备，包皮环切只需要十分钟，安全无痛苦……

6. 今天陪女儿午睡的时候快递给我打电话，我怕吵醒宝宝就压低声音说：“你谁啊？”结果快递也压低声音说：“我快递呀，我在楼下，你下来拿。”我告诉他走不开让他上来，他压低声音跟我说：“好呀好呀，你为什么弄得这么神秘啊……”

7. 上初中时有一年校庆。办了典礼，期间主持人提问，随意抽取童鞋上去回答，答对了有小礼品。又是提问时间，主持人的问题是：“历史上活得最久的皇帝是谁？”抽中了一个我们班的奇葩，那货悠悠地对着话筒答道：“玉皇大帝……”前面三排的领导憋到内伤，我们班主任的脸瞬间布满黑线。

8. 上海，地铁 2 号线人民广场站，两个男人因为挤地铁的原因对骂起来，具体说的什么不知道，出于好奇，我一哥们儿就说了句：“你们能用普通话吵架吗？让我们也听听，给你们评评理。”然后车厢内一阵大笑，俩人也不吵了。

9. 一天，老师把新的复习资料发下去，结果发现多了两套，于是问道：“同学们，你们谁没有书的请举手？”话音刚毕，就看到十几个学生把手举了起来，我郁闷了，就指着一个孩子问道：“你书呢？”只见这个孩子战战兢兢地说：“老师，我奶奶就我爸一个儿子，我没叔。”

10. 吃饭结账是 75 元，搜搜口袋只有一张 50 元的零钱，就给了老板 100 元。老板找了我 25 元，放口袋时我脑子一抽，叫老板：“老板，来来，我这

有75（元）零的，你把那100（元）给我……”高潮是老板真把那100元还我了，还念叨“有零钱早说嘛”……

11.坐公交车，是去西山的。这时，有个大哥火急火燎地赶上公交，之后对司机讲：“谢谢师傅，要不我去西天就不赶趟儿了。”司机淡定地说：“我的车不到西天，去西天你得骑白龙马！”全车乘客笑喷。

12.12岁的儿子跑到厨房向老婆举报我：“妈妈，爸爸又在客厅里吸烟啦！”紧接着，老婆冲进客厅，火冒三丈，对我怒道：“屡教不改，你什么时候能改改，幸亏有儿子举报！”讲到这里，我哭笑不得对老婆说：“刚才儿子说啦：爸爸，你抽烟不给我一根我就向妈妈举报你！”

13.小时候假小子打扮，现在结婚了，今天和老公回他家吃饭，他爸问老公，小时候经常给你打架的街口的那假小子怎样了，我老公含糊回答，结婚啦。“那好，小时候那么丑，真怕他找不到老婆。”我在一旁猛扒饭，我不会告诉他那小子就是我，现在是他儿媳妇……

14.初中同桌，他爹是老师，对他管教甚严，不准他看电视。同桌趁他爹出门时，偷看电视，他爹回家往电视一摸，一顿胖揍。后来，同桌学聪明了，一边看电视一边开着风扇吹。他爹回家照例摸了摸电视，正常。然后又摸了摸风扇，又是一顿胖揍。姜还是老的辣啊。

15.大学的两个校友是骨灰级屌丝，一次两人被传销骗去了，这两个货整天白吃白喝，整天交流魔兽心得，连负责给他们洗脑的人都被他们洗脑了，经常带他俩溜出去上网打DOTA，打完了回来吃饭睡觉，结果被上头发现了，三个人全给轰走了，此事一时被传为佳话……

16.数学课上，老师讲道：“直线！是，无限延长的，没有尽头……”接着从黑板的最左边（靠窗）用粉笔画一条直线，边画边走，画到最右边竟然没有停下，径直画到墙上门上最后走出了教室。剩下全班同学石化当场……待了

一会儿，课代表跟着走出去，回来告诉大家，这可爱的老师在办公室喝水……

17. 昨天下班回家，刚进我家小区就看见一栋楼的楼下围了好多人，顺势一瞧，只见六楼的窗台上站着一个人，啊！他要跳楼！大家都在楼下跟着他紧张，这时楼主想起电视剧里的情节，大喊：“不要跳，生活还很美好，你还有亲人！”然后那人一低头看见那么多人，明显愣了一下，跳到屋里，探出半个身子喊道：“都傻吧，老子安纱窗呢，都哪儿凉快哪儿待着去！”结果众人一起回头瞅我，我就郁闷了，是你们先看的好吧？我只是路过好吧？

18. 上班的时候，突然想起来昨天教训了 3 岁女儿一顿，就打个电话回去想安慰一下。电话接通了，是女儿接的。旁边还有动画片的声音，估计是跟奶奶在看电视。于是，我明知故问：“宝宝，我是爸爸，你在干什么呢？”女儿沉默了两秒钟后：“给，你儿子的电话！”

19. 昨晚加班回家的路上，看见一小朋友蹲在路边，好像是在哭泣。我走过去问：“小朋友，怎么了，是不是找不到妈妈了？”小朋友抬头看了我一眼，没有说话。我接着说：“不要怕，叔叔是好人，来，站起来，叔叔送你回家找妈妈！”小朋友依然蹲着不说话，我有点急了，就上去拉他起来，这时小朋友开口说话了：“叔……叔……我……在……拉屎……”

20. 某天购完物，提着大包小包准备回家，打的，怎么拦都不停，我很奇怪。看到前面一个交警叔叔，于是过去问：“哪里可以打到车？”交警叔叔淡定地说了句：“离我远点就可以打到的。”……嗯！

21. 一日去银行，进门处工作人员告之需要拿号儿排队，我问在哪儿拿号儿？答曰，门后那里有个按钮。我跑到门后只看见墙上有个类似开关状的按钮，遂按之。霎时间整个银行大厅灯全灭，只见若干保安手持枪械向我冲来……

22. 上次看到新闻，说一位老公为了让老婆开心，把她购物网站上购物车里所有的货物都一次性买了下来送给了她。我觉得有点小感动，觉得比较适合

我这样的文艺青年表达感情，于是刚才用老婆的账号登陆，查看了一下购物车，显示共有 23 种宝贝，合计：55007.92 元，于是我爽朗地把所有货物都一次性清空了。

23. 今天又是大扫除，扫完地、叠完被子，迎接领导来咱寝室视察。领导在咱寝室转一圈夸奖有加，临出门的时候对着门口窗户说："尤其是那个窗户擦得最亮。"然后他用手去摸……然后……然后就……把手穿了过去。

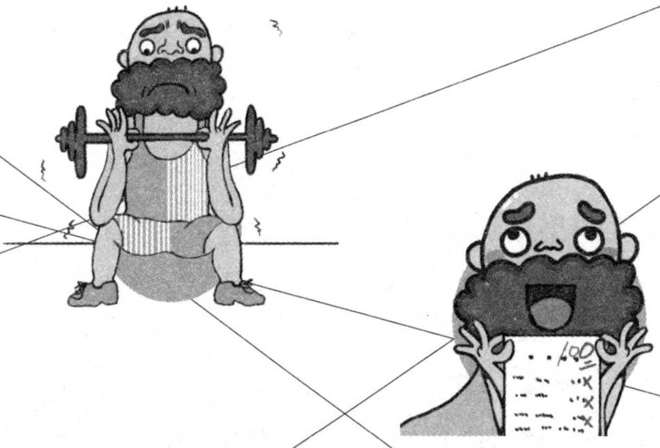

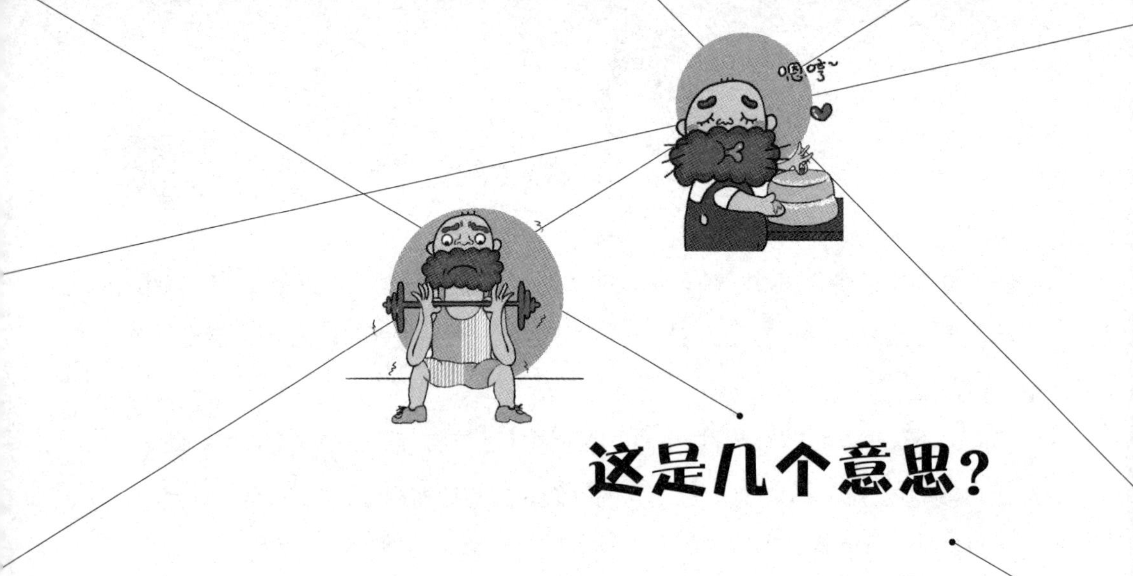

这是几个意思？

花盆胜于花瓶？

前两天相亲，对面的妹子有点胖，不过长得挺好看，我们聊会儿天，她问我喜欢什么类型的女孩。我说：什么样的都行，就是不喜欢像花瓶一样的女孩，太娇气。妹子果断说：我不是那种像花瓶一样的女孩，大哥你看花盆一样的行不……花盆…….花盆。

你倒是掏出来啊

客人结账，一女的争着抢着要埋单，别人都在掏钱数钱，她就在那儿拦着不让别人付钱，说她来她来，然后人家就一直要付，然后她就一直拦，新来的收银妹子对那女的说，你倒是掏钱出来啊，你不掏人家怎么让你来？！妹子你太强大了，给你个赞。

咱家床真大

老爸今年四十有六，天天吵着让我教他微信，无奈教了，老爸学会后，躺在床上教我妈，他们两个就在那儿狂摇手机，互摇到对方，100 米，我爸说，咱家床真大！呵呵，祝老爸老妈天天开心。

特地来看看你

“老哥，我惭愧啊，都好久没来看你了！”“进来坐进来坐，咱兄弟俩说这干啥！”“唉，我一直惦记着你，可公司忙啊，这不，清明节放假了，特地来看看你！”

女人就这样

和老婆吵了一架后，我一个人来到房间，带上门郁闷地闭着眼躺在床上。不知什么时候，上幼儿园的儿子站在床前，用同情的口吻问：很郁闷，是吗？我睁开眼看着儿子，叹了口气。儿子一拍我的肩膀，说：哎，女人就这样！我已经忍她好久了！

我已经长大了

爸爸和上幼儿园的儿子一起逛街，路过一家玩具专卖店，儿子看到一辆大型电动玩具汽车。儿子：“爸爸，我要汽车！”爸爸一看太贵，敷衍道：“等

你长大了，爸爸给你买！”儿子闷闷不乐，站在原地不走。爸爸：“快走吧，前面有好玩的！”儿子：“我走不动了！你背我吧！”爸爸：“不能再让爸爸背你了！你已经长大了！”儿子：“我已经长大了，那就给我买汽车吧！”爸爸：“……”

开洋荤

一天，猫出外捕老鼠，遇到一只海狸鼠，高兴地说：“这么大只老鼠足够我饱餐一顿了。”海狸鼠说：“我是洋鼠，你无权管我。”猫说：“我终于可以开洋荤了。”

找男友的条件

母亲给女儿开出的找男友的条件：在医院工作、有车、最好当点小官！这天，邻家王大妈兴奋地对母亲说：我有个亲戚的孩子符合你女儿的条件！母亲：你说一下他的情况！邻家：他在市人民医院工作，是负责太平间遗体运输的小组长！

告诉你下联

张三和女朋友小丽相爱多年后，到了谈婚论嫁的时候了。而小丽的妈妈却嫌弃张三没本事，所以反对小丽嫁给他。这天，张三来到小丽家向小丽妈妈求情。张三说：“阿姨，我是真心喜欢小丽啊，可以说我是‘真情，真意，真男人’！”小丽的妈妈顿时火了，生气地说：“好小子，你很有文化啊，不光嘴硬，还给我出对联，你上联不是‘真情，真意，真男人’吗，告诉你我下联是‘没车，没房，没商量’！”

突然间狂风大作

在古代，对那些罪大恶极的人往往都是斩首示众，而当对某些被冤枉的人实行斩立决时，天空则会风云变幻，出现一些奇怪的景象。一次，就在刽子手对一个含冤的女孩用刑时，突然间狂风大作，结果，刽子手被风吹走了。

豆腐渣工程

老婆：结婚这十年来，你最大的感受是什么？

老公：我感觉现在社会的豆腐渣工程无处不在啊！

老婆：说一说听一听！

老公：刚结婚那会儿，看你的身材那真是峰回路转，高楼耸立！现在，全塌方了！

狗东西

一天，熊给狗出了一道脑筋急转弯，见狗久久不能回答上来，熊轻蔑地对狗说：“瞧你那熊样，笨得像只狗熊似的！哈哈！”狗顿时火冒三丈，对着熊大声吼道：“你这个狗东西，我就知道你狗嘴里吐不出象牙来！”

搭讪

一美女坐在餐厅吃饭，一男欲搭讪，走过去坐下。

男：小姐请问几点啦？

女：九点。

男：哇！我们太有缘啦！我的表也是九点耶！

女：拜托，那是我乱说的！

男：哇！乱说都能说中我的表的时间，我们真是心有灵犀呀！

女：……

男：小姐是吃了还是吃了呢？我猜是吃了！

女：不是看见我正在吃吗！

男：哇！还果然吃了，看来我真了解你啊！

女：无语……

男：小姐今天吃的什么啊？

女：饭。

男：还有呢？

女：菜。

男：还有呢？

女：汤。

男：哎呀小姐！您果然非同寻常，汤都是用“吃”的呀！

女：……（一碗汤泼了过去）

把紧箍咒倒转来念

悟空：师父，你嘴里念的是什么啊？我看你一连念好长时间了。唐僧：我试试把紧箍咒倒转来念有什么效果。悟空：难怪今天我的脚老是疼。

一看你就会过日子

一美女打扮十分时尚，穿了一件超短吊带迷你裙。去和网友见面，网友见她的第一句话就是："一看你就是位会过日子的姑娘。"美女心喜地问："你怎么看出来的？"网友说："看你这身打扮，多省布呀！"

真皮的

小徐剔了一个光头，同事关心他。"你头上一点遮拦也没有，不冷吗？"小徐："不冷，货真价实，真皮的！"

美女你拉错人了

今天陪表姐上街买衣服，在一家名牌专卖店遇见一对情侣，男的1米8，和我身高差不多。话说那女的试完鞋感觉不好，热情地拉着我就出了门，我顿时蒙了，喂，你男朋友在外面吸烟呢！

可怜天下父母心

每次看到说过年压岁钱“来，妈妈帮你存上”是骗局的，都很想告诉你：其实这不是骗局，这是真的给你存上了，等若干年你准备结婚的时候你就会懂了，可怜天下父母心……

这个办法也并非通用

其实女人是一种很简单的动物。每每争吵过后，男人只需霸气地拉住女人，佯怒道：“要不是看你颇有几分姿色，我真打你了！”往往就能冰释前嫌。当然，这个办法也并非通用，昨天我说完这句话后，差点儿没被我妈打死。

难道我错过了什么？

今天在路上骑摩托，风大眼睛进了沙子，由于在骑摩托不好用手揉，只好拼命眨左眼睛。刚好前面有个美女从我前面路过，她一下子脸都红了，不好意思地快速走开了！

暴露身份

有人说，理科女生再淑女，一做起题来就会暴露自己的身份，习惯性地把前额的头发往上捋，露出大大的额头，因为 CPU 高速运作时需要良好的散热。

你咋不打了

长大了回忆小时候真的好傻好天真，记得一次舅舅拿了一捆人民币对我说：宝贝，让我打十下这些就都给你了。我果断说好，一下，两下……七下，八下，九下……结果，你打啊，你打我啊，你咋不打了。

我该怎么给小朋友交代

说一个刚发生的真事，刚准备去网吧，走在路上旁边一个小朋友使劲指着我大叫 ：“车！车！车！”我一身冷汗，瞬间下意识地往旁边斜跨一步，结果！啪！看着我脚下碎了一地的玩具车，我该怎么给小朋友交代？！

你懂的

前天晚上，在老家，突然肚子痛！于是乎就去我们家后麦地里拉屎，天太黑，但是因为当时人多，所以就没打开手电筒，等到我蹲下来，打开手机：“靠，这么巧。”一漂亮妹子就蹲在我旁边！然后……然后……

石化了

好多年前，几个年轻小伙子报名参军做体检，其中一个做完 B 超很奇葩地问了句：“医生，我的子宫没事吧！”瞬间屋子里的人石化了！

虽然我不是吃货

我有一个吃货女朋友，虽然我不是吃货，但每次吃到好吃的东西时，心里总想：靠，得带我媳妇来吃。

节俭的老公

刚刚老公把我气哭了，老公捡起地上我擦过眼泪的卫生纸说：“真浪费，这个我拉屎的时候再用。”一次全捡起来放进裤兜了。

真是我的好儿子啊

儿子：“爸爸，外面有一个老伯，很可怜，他一直在外面惨叫，所以爸爸你可以给我两块钱吗？我想给他。”爸爸：“乖孩子，从小就会可怜老人，值得表扬，给你两块钱。”爸爸：“哦，对了，那位老伯伯是怎么叫的？”儿子：“雪糕雪糕，一个 2 块钱啊！快来买啊！”

这六级是怎么过的

追了一姑娘很多年了，那天她 QQ 发我一句：If you never abandon，I will in life and death。我没看懂，请一个过了英语六级的朋友帮我翻译，他说：你要不离开我，我就和你同归于尽。于是我伤心欲绝，再也没联系那姑娘。后来我英语也过六级了，才知道那是“你若不离不弃，我必生死相依”！

我不会帮你捂的

今天坐车，旁边一家三口。家长：把游戏声音关小点。孩子捂住手机。“再小点”，捂得更紧了。“再小点”，捂得更紧了，可是声音还是没有变小。他抬起头绝望地看了看我。孩子，不是我说你，你看我是没用的，你看不看我声音都在，都不会变小的。

世界上最残忍的事情

世界上最残忍的事情就是你听到手机叮咚一声，打开之后看到的却是腾讯新闻!

阿姨屌爆了

一哥们儿跟我诉苦，昨天正在上课，班主任来了说他妈来找，哥们儿去了办公室（就是那种几个老师在一起办公的），结果他老妈当着几个老师的面说了一句雷人的话，你现在的主要任务是赶紧给我找个儿媳妇，生个孙子陪我玩，赶紧跟我回家相亲去……办公室老师都无语了……哥们儿的脸都绿了……

学渣有一项技能

学渣有一项技能：能在两天内写完所有寒假作业。但有个条件是：必须得在开学的前两天。

这是什么玩意

同事一孩子刚上初二，数学作业不会做，于是就问我能不能教下，想想当初我好歹也是一班之长，虽然天天睡觉，但基础好，还是能胜任的，就答应了，说道："没问题，哪里不会跟我说！"等我翻开练习册的第一页看了下，心想：这是什么玩意，翻开第二页心想：这又是什么玩意！

小学生的搞笑成语日记

今天是国庆日，所以放假一天，爸爸妈妈特地带我们到动物园玩。

按照惯例，我们早餐吃地瓜粥。今天因为地瓜卖完了，妈妈只好黔驴技穷地削些芋头来滥竽充数。没想到那些种在阳台的芋头很好吃，全家都贪得无厌地自食其果。

出门前，我那徐娘半老的妈妈打扮得花枝招展，鬼斧神工到一点也看不出是个糟糠之妻。头顶羽毛未丰的爸爸也赶紧洗心革面沐猴而冠，换上双管齐下的西装后英俊得惨绝人寰，鸡飞狗跳到让人退避三舍。东施效颦爱漂亮的妹妹更是穿上调整型内衣愚公移山，画虎类犬地打扮得艳光四射，趾高气昂地穿上新买的高跟鞋。

我们一丘之貉坐着素车白马，很快地到了动物园，不料参观的人多到豺狼当道草木皆兵，害我们一家骨肉分离。妻离子散的爸爸鞠躬尽瘁地到处广播，终于找到到差点儿认贼作父的我和遇人不淑的妹妹，困兽之斗中，我们螳臂当车力排众议推己及人地挤到猴子栅栏前，鱼目混珠拍了张强颜欢笑的全家福。

接着到鸡鸣狗盗的鸟园欣赏风声鹤唳哀鸿遍野的大自然美妙音乐。后来爸爸口沫横飞地为我们指鹿为马时，吹来一阵凉风，唾面自干的滋味，让人毛

骨悚然不寒而栗，妈妈连忙为爸爸黄袍加身，也叮嘱我们要克绍其裘。

到了傍晚，因为假日的关系，餐厅家家鹊占鸠巢六畜兴旺，所以妈妈带着我们孟母三迁，最后终于决定吃火锅。有家餐厅刚换壁纸，家徒四壁很是美丽，灯火阑珊配上四面楚歌，非常有气氛。十面埋伏的女服务生们四处招蜂引蝶，忙着为客人围魏救赵，口蜜腹剑、笑里藏刀到让人误认到了西方极乐世界。

饥不择食的我们点了综合火锅，坐怀不乱的爸爸当头棒喝先发制人，要求为虎作伥拿着刀子班门弄斧的女服务生，快点将狡兔死走狗烹，因为尸位素餐的我们一家子早就添油加醋完毕，就等着火锅赶快沉鱼落雁好问鼎中原，可惜锅盖太小，有点欲盖弥彰。

汤料沸腾后，热得乐不思蜀的我们赶紧吃了起来，对着食物大义灭亲上下其手，一网打尽捞个水落石出。

火锅在我们呼天呛地面红耳赤地蚕食鲸吞后，很快就只剩沧海一粟，和少数的漏网之鱼。母范犹存的妈妈想要丢三落四放粉条时，发现火苗已经危在旦夕，只好投鼠忌器。幸好狐假虎威的爸爸呼卢喝雉叫来店员抱薪救火，终于死灰复燃，也让如坐针毡的我们中饱私囊。鸟尽弓藏后，我们一家子酒囊饭袋，沆瀣一气，我和妹妹更是小人得志，沾沾自喜。

不料结账的时候，老板露出庐山真面目，居然要一饭千金，爸爸气得吴牛喘月，妈妈也委屈地牛衣对泣。

啊！这三生有幸的国庆日，就在爸爸对着钱包自惭形秽大义灭亲后，我们全家江郎才尽，一败涂地。

说多了都是泪啊

白纸卷烟

小时候我哥特调皮，经常看到别人用那种白纸卷烟，他特别想尝试下，就从作业本上撕了张纸卷起来，学人家往嘴里一放，然后点火。因为里头没那烟丝，一点火就烧着了，他当时就蒙了，对着纸猛力吹，然后口水把纸粘着了，烫了好多小泡泡……

幸亏没让厂家听见

记得暑假打工做促销，卖某品牌洗发水。来了一顾客问这洗发水怎么样，于是各种介绍介绍，介绍介绍着就想起以前自己用这个洗头发感觉特别干，然后就开始说这洗发水各种各种不好，等顾客翻着白眼慢慢飘远的时候，我才猛然想起来，我是卖洗发水的啊……幸亏没让厂家听见啊！

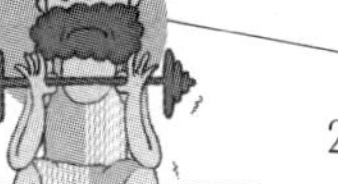

没必要这么狗血吧

我是男的，家开小卖部，月黑风高，一陌生男子到我这儿买了香烟和一条益达，他走的时候忘了拿益达，我顺口叫出了一句："你的益达！"啊，没必要这么狗血吧！好羞涩……

给留条裤衩成不

本人小护士一枚，实习的时候在普外科，由于手术之前需要备皮（指在手术的相应部位剃除毛发并进行体表清洁的手术准备），所以就有好多好笑的段子……有一次给一男的备皮，一进换药室就让他躺到床上，他很顺从地躺倒，"把裤子脱掉"，于是他把病号服裤子脱掉了，"再脱"，又把秋裤脱掉，"再脱"……"大姐，给留条裤衩成不？"

猪猪，爷爷呢？

带着两岁多的儿子回老家，儿子比较黏我爸，家里养了很多猪和几只狗，儿子找不到我爸时就去看它们，还要问几遍："猪猪，爷爷呢？"

做梦在玩LOL

二货老公睡觉裹被子，夜里我冻醒了，就让他睡过来点，他迷迷糊糊地翻个身过来把手搭在我身上，然后两个手指就像点鼠标一样不停地在我肚子上点啊点的，我把他的手拿开，他消停一会儿又开始了，我愤怒地把他叫醒问他

搞什么，这货居然说做梦在玩 LOL！

能不说话吗?

我有一个表妹，长得不算太好看。过年串亲戚时候遇到一个从来没见过的远房亲戚。那亲戚看了她半天，从头到脚打量了好几遍，终于笑眯眯地拉起我表妹的手说了句："看这闺女，指甲形状多好看！"我妹回来跟我说："没地方夸了能不说话吗，这样更让我堵心……"

这个我们真不知道

本人上高中，某次从操场室外分担区扫除后，被领导发现地上有一个桃核没扫，被扣分，班主任大怒！问我们："这个桃核，它是怎么想的！它应不应该在这儿！"呃，老师，它咋想的我们真不知道！

你怎么不按套路出牌

家里开了个小卖铺，让我守着。一天来了一个家伙，"小伙子，来瓶 XO！""没有。""没有？哦，那来瓶茅台！""没有。""也没有？那算了，给我拿瓶老白干吧。"本人最受不了别人装，第二天想方设法弄了瓶茅台来。果然，那家伙又来了，"小伙子，有 XO 没有？"我窃喜，这下他要问茅台了，"没有。""唉，那照旧吧，给我来瓶老白干！"

没有减肥蛋糕

同学去“华生园”买蛋糕，愣把“华”的繁体字看成了“毕”字，张口就问你们这毕生园蛋糕多少钱一个啊？店员一阵狂笑后回道：不好意思，我们这里没有减肥蛋糕。

一种调味品

正在上课，老师问道：“什么是基金？”一同学打盹，于是不幸被提问！这二货疑惑半天，最后大声说道：“鸡精，一种调味品！用于炒菜时增加菜的鲜味……”全班爆笑！！

要求不高

一女友参加我婚礼，看到我老公后称赞道：“以后我也要找个像你老公一样的老公。”某人顿时心花怒发，作自豪状。女友接着道：“因为我要求不高。”凌乱的思维啊。某人瞬间一脸黑线。

为什么来应聘

当面试官问你为什么会应聘这份工作时……

文艺青年：因为我喜欢这份工作，并且这份工作也能充分发挥我的专业专长，期待能为贵公司做出自己的贡献。

普通青年：我有这方面的经验，我能胜任这份工作！

二逼青年：我只是来体验一下面试，嘎嘎！！

眼神不太对

我有一个闺密，养了一只乌龟，从小养到大，洗澡吃饭都在一起，基本上属于青梅竹马两小无猜。那天她突然问我：乌龟是几岁成年啊？ 我一时答不上来，只听她悠悠地又来了句：最近洗澡，发现它看我的眼神不太对……

只能感叹一句

有多少人是平时看镜子觉得自己长得还可以，可一旦照成相片，就只能感叹一句：卧槽。

败给他了

假期无聊，看了一遍《贞子》，跟老公讨论怎么样避免贞子爬出电视，我说把电视放高点让贞子爬出来摔死，二货老公鄙视地说，科技含量太低，要是我就在电视机前放个跑步机，让贞子一直爬，一直……爬……我承认我败给他了。

说多了都是泪啊

男：“我送的巧克力好吃吗？”

女：“很好吃，我男朋友很喜欢。”

你出来下

小时候长得丑，亲戚说：“没事，长大了就好看了。”现在我长大了，呵呵，麻烦当年说那话的亲戚你出来下，我保证不把你打个生活不能自理！

希望有缘的你能看见

那天 ×× 音乐节，你短发，戴兔耳朵头箍，破洞牛仔裤，背着一个帆布包，包上贴着“小清新去死”的图章。当时我就站在你的身旁，但一直没敢开口跟你说话。现在后悔莫及，人海茫茫该怎么找到你，希望有缘的你能看见，我想告诉你：在你去买小吃的时候，你男朋友跟你闺密在商量什么时候去打胎。

现在这推销的

早上领导在开早会，突然手机响了。领导就当场接了一下。“开会。”“对，正在开会。”“不好意思，我就是领导。”然后领导挂了电话，很不爽地告诉我们，推销的竟然和他说让领导废话吧，出来接个电话……我了个去。

杜蕾斯是谁?

一男带女友回乡，指着村口祖坟说祖宗一直在保护村子，一旦有什么危害子孙的事情发生就会出来算账。当晚，祖宗显灵，在村子上空盘旋，杀气腾

腾，托梦给族长问："杜蕾斯是谁？"

好亮的脸盆

有一好友，男，好酒但量小，父亲极其严肃，脾气火暴，秃瓢（没有头发）。一日宴请，朋友大醉回家，一小时后光脚穿着睡衣（冬天，下大雪）来我家求借宿，问原因，说昨晚家里来亲戚了，和他父亲睡一屋，他酒醉，父亲睡地下，睡下没多久，想吐，于是把他老爸的光头当成脸盆，吐了他老子一头，现在在被他老爸追杀！

小明的故事

小明是名高中生侦探，跟踪地下组织时遭到了黑衣人袭击，强迫服下 × 鹿奶粉后变成一名小学生。在学校春游时，进了一个瀑布，成为被选招的孩子，到达法路意岛，在岛上收服了皮卡丘、小火龙、杰尼龟等。之后踏上伟大航路，发誓要成为海贼王的男人……途中到达青青草原，在那里定居，最后成为了羊村村长……

老鬼教训新鬼

老鬼教训新鬼："若要害人，要到半夜 12 点以后，太阳升起之前回来，千万不可拖延。"新鬼问："是因为咱们鬼见不得光吗？"老鬼道："不，是因为早上人被惊醒后，脾气会比较大，实在不好对付……"

我会魔法了

坐地铁，一小女孩在我的背后拿根魔杖玩。她拿着魔杖指着我的后背："我要把你变丑！"我听完，笑了。转身过去就听到一声惊叫："妈妈！妈妈！我会魔法了。"

洁癖

女朋友有洁癖，什么东西只要掉在马路上就嫌脏不要了。今天和她在一起逛街的时候，我被绊倒了，好担心……

真准

很早以前养过一只狗，一个同学来我家玩，叫汪 ××，我就糊弄他跟他说，我家狗厉害，看人一眼就知道对方姓什么。他不信，过去问："快看我，我姓啥？"结果狗冲他："汪！汪汪！！"他乐得跟什么似的，还说真准！

船票很贵的

等我将来有了小孩，我会带他一起看电影《2012》。然后我会骄傲地告诉他："是的！孩子，其实当年我们家也有亿万资产，只不过买了船票！

别操心

刚看到有人说清明烧苹果手机怕老祖先不会用，祭祀用品店老板说了，乔布斯已经下去教了，你们还瞎操心什么呀？

这么厉害

甲乙两人在一起聊天。

甲：昨天，20 多个人和我一人打架，打了两个小时都没有打倒我！

乙羡慕地惊叹道：啊？这么厉害？

甲苦着脸说：因为我是被绑在电线杆上打的！

植物人是这么回事？

三个病人的魂魄正在听侯阎王的判决。阎王：某甲，死刑，后日午时收魂。某甲大哭。阎王：某乙，死刑，下月初一子时收魂。某乙大哭。阎王：某丙，无期。丙好奇地问：这无期是什么意思呀？阎王白了他一眼说：还能啥意思，植物人儿呗。

“魂淡”是这么来的？

“你听说过吗？人的影子其实就是魂。看影子的颜色就能看出人的状况。”

“哦？怎么说？”

“如果影子颜色比较深，那说明你的身体好，魂魄厚实。”

“这样啊，那要是我的影子颜色淡呢？说明我身体不好？”

“不，那说明你混蛋。”

实在忍不了了

我一同学，很无知还爱神侃。他说鲁迅是个科学家也就算了，说太阳绕着月亮转我也忍了。昨天他竟然用一脸欠揍的表情问我：“你知道不？前几天姚明跨栏平世界纪录了。”

闹鬼

某女校闹鬼，有天被小红遇上了。鬼说：“你看，我没有脚……我没有脚……”小红：“那有什么，你看，我没有胸部，我没有胸部。”

酒喝多了伤不起啊

一朋友有一天喝多了，回家躺床上就睡，中途醒了发现身边有个鸡蛋，拿起来就喊她妈，非说自己下了个蛋。

兄弟，你真是太机智了

第一反应

终于知道为什么没有男朋友了，今天老弟问我：“姐，如果有一个长相好，又有钱，身高各方面都 OK 的男人向你表白你会怎么反应？”我当时心里居然想的是：那么好的男人居然会看上我？！

吃过站了

公交车进站，上来了一个胖乎乎的小男孩，刚坐下就从书包里翻出来一个大鸡腿，迫不及待地撕开袋子就啃，啃得那叫个投入，忘情……啃完了还一副回味无穷的样子。突然他神情紧张了起来，喃喃道：“过站了，过站了……”

大爷你这是闹哪样?

提前返校，看门大爷死活就是不给电，在寝室什么都干不了，只能厚着脸皮去大爷屋陪着大爷看了一下午电视，回到寝室发现灯亮了。

真是开心

跟女神发信息：“今晚滚床单吗？”

女神回复：“滚！”

我接着又发：“那是去我家还是去你家？”

女神秒回：“去你的！”

……真是开心！

挤得那叫结实

过年后没几天，北京的交通终于恢复正常了，地铁上挤得那叫结实！哥终于又可以站着安安稳稳地睡一觉了……都不用把扶手！

看有没有重样的

情人节刚刚过去了，朋友圈里都是炫礼物、秀恩爱的，有意思吗你们，敢不敢把情人拿出来秀一下，看有没有重样的？

不能让二货干危险的事

一大型货库漏煤气，公司方面排除所有可能引起火灾的装置，并且让全体职员离开货库。煤气公司派了两个技术人员协助，俩人进货库去检查事故的原因。其中之一因为觉得暗看不清，又开不了电灯，便点燃了打火机……整个现场除了灰烬还是灰烬……

说出来干吗呢?

我一哥们儿，思想不同于常人。一天课间，他正在思考人生，前面的一妹子转过头说："××，我喜欢你。"然后满怀希望地看着他，我在旁边想，这奇葩终于有人收了，谁知他叹了口气，说："你喜欢就喜欢吧，说出来干吗呢？"然后留下我和那个女的凌乱了。

我去教训一下她

睡梦中，听到我弟问我去哪儿了，奶奶说还在睡觉。于是我弟在客厅大吼大叫："几点了！还在睡觉？我八点钟就起来了！全天下哪里还有比她还懒的人！真的是太不要脸了！太懒了！我去教训一下她！"然后就听见我弟蹑手蹑脚地打开房门，帮我把地上的 MP3 捡起来，小猫一样地说："姐，起来了，早饭都凉了。"

大家有没有发现

大家有没有发现，男人和女友吵架，基友一般都说“算了，你小子找得到就不错了，人家那么好”。而女人和男友吵架，闺密一般都说“算了，分了重新找一个，真不知道他有哪里好”。

睡过头了

一老人住院，数次病危。到了深夜大家实在困乏，都睡着了。第二日晨护士醒来大叫：“妈呀，睡过头忘换点滴瓶了！”大夫也大叫：“妈呀！睡过头忘了急救了。”家属也醒了：“妈呀！一夜不换点滴不急救，咋还活着？”这时候冥冥中一阴森森的声音：“妈呀……睡过头，忘了勾魂了。”

撕票吧

一天，我手机收到一条短信：你儿子在我手上，速转一百万到此账号，不然后果自负。看到此短信，我立马六神无主，心里七上八下，可回头一想，我哪来的儿子？！于是我弱弱地回复一句：撕票吧……赶紧的……

太吓人了

一朋友在殡仪馆守灵，半夜闲着无聊，就用微信搜“附近的人”，竟搜到一妹子，随即给妹子发了条信息。过了半天，收到对方回复：大哥，能给俺烧台 iPhone5 吗？喜欢白色的！谢谢！好人一生平安！

好评

刚玩淘宝“推推”的时候看到里面卖棺材的都是包邮的！更奇葩的是有条评论写道：已经入土五天了，感觉里面很干爽。今天才附体成功，借别人补个好评。好卖家！有空下来玩哦。”

太远了

阎王责问勾魂官：“为何勾魂不均？深山那么多寿星。”勾魂官支支吾吾地说：“道太远了，去一趟怪累的。”

大姐别装了

本人东北的，一天用微信加了个女的。她说自己住美国，马上要回国了，从未到过中国，好激动。听她满嘴英文单词配很嗲的中文，我多想用标准的东北话和她说：大姐，我是通过“搜附近的人”加的你。

已经都了解我的套路了

“喂，兄弟是我。嗯，是这样的。最近刚投资了一个项目，2000 万，就差 500 块钱了。别着急挂啊，喂！喂？”

鬼屋

我们几个战友相约去鬼屋玩，摸黑战战兢兢地在里面走着，突然一只鬼跳出来把我们吓得半死。唯独一个战友做出了我们都意想不到的举动。只见他一个劈腿，狠狠地砸在鬼的脑袋上！那鬼在倒地的一瞬间说：“老子下午就辞职！”

世界上真的有鬼吗

“爸爸，你说这世界上真的有鬼吗？”“傻孩子，当然没有。”“可是我有点怕。”“别胡思乱想，时间不早了，快把我的脑袋还给我，回自己的棺材睡去吧。”

想明白了

这些天没看电视，没用电脑，想明白了为什么古代的人口出生率会那么高了！

该致青春了

当年夜饭吃在饭店时，过的就不是年了；当开车不如骑车快时，开的就不是车了；当物价不停飞涨时，存款利息就不是钱了；当你对过年不再期待时，我看就该致青春了。

全场那个笑啊

高中元旦晚会，抢答题环节。女主持人："大家注意了，不要抢得太快，等我说完开始再举手。"然后念完题目，说，"现在开……"这时候，有一个选手就抢答了。主持人说："这位同学太着急了一点，我'始'（屎）还在口里，你怎么就抢了……"

术前准备

手术室内，医生做好了充足的术前准备，指挥道，"记录一下心跳和血压""手术刀递给我""无菌棉球和镊子拿来""碘伏和生理盐水"……患者："大夫，您能不让我干活了吗？"

如何判断女朋友的类型

如何判断你女朋友是什么类型？两个字就能概括了。文静型女孩喜欢对你说"我懂"；姐姐型女孩喜欢对你说"我在"；撒娇型女孩喜欢对你说"我不"；风骚型女孩喜欢对你说"我要"。

我有事先走了

市场上一群人在聊天。卖菜的："我家世代卖菜！"屠夫："我家世代卖肉！"瓜档老板："我家世代卖瓜！"银器店老板："我家世代卖……你们聊，我有事先走了……"

又涨姿势了

一同事，女。一日找我借钱，借了她500，脑残说了一句“没钱就别急着还”，没想到她真就没还了。于是果断找她表白，被拒。第二天她就把钱还我了。

表姐学做菜

表姐最近在学做菜，那些残次品可害苦了姐夫。今天我去串门，表姐一见到我就说：“小弟来啦，姐姐亲自下厨给你做菜吃。”我和姐夫顿时汗如雨下，幸好姐夫机智连忙说道：“表弟难得来一次，我们出去吃。”“好呀。”听到表姐同意，我和姐夫都松了一口气。现在我们正坐在屋外阳台的餐桌边，在寒风中等着表姐上菜。

这结局真心猜不到啊

绑匪给我发了一条短信：“你老婆被我们绑架了。”我回复：“说吧，你们要多少钱？”绑匪说：“今天做活动，免费。”

还是你

夜里老婆听到老公啜泣，忙把老公叫醒，问咋了？老公说，梦见自己又结婚了。老婆说那不是挺好的吗，你不是早就想再找一个吗，哭啥呀，该高兴吧，呵呵。老公说，洞房的时候一揭盖头，还是你！

门没关

刚从朋友家出来，我看见他裤子拉链没拉上，于是含蓄地提醒说：你门没关。他回头一看，若无其事地说：没事，我爸在里面。

脑袋都打出血了

一女在路边摊买袜子，卫生巾从裙子里掉出来，那叫一个尴尬啊。女的急忙捡起来夹在咯吱窝里，让摊主看见了。摊主怒道：你偷我袜子，赶紧拿出来。女的说我没拿，一来二去俩人吵起来。摊主：痛快儿地拿出来！女的怒了，扯起卫生巾甩在摊主头上：你妈的，给你。摊主摸头：我靠，你把我脑袋都打出血了……

仙人与小猪

一位老仙人与小猪的对话：

老仙人：小猪啊！你天天吃了睡、睡了吃！难道没有什么愿望或理想吗？

小猪：有啊！但是我都无法实现啊！（呜呜……呜呜…）

老仙人：好啦！别哭啦！我帮你实现就是了！

小猪：真的？

老仙人：嗯！你说吧！

小猪：好的！我要看这本书的人幸福快乐一辈子！

老仙人感叹道：嗯，我会帮你实现的！因为你的善良，我再帮你实现一

个愿望！

小猪：我要看这本书的人和她的另一半永远不离不弃！永远幸福快乐！

老仙人胸有成竹地说：好，好，好！我会帮你实现的！因为你的淳朴，我再帮你实现一个愿望！

小猪：我要看这本书的人心想事成，爱情道路一帆风顺！

上了微信才知道

上了微信才知道，12 星座都是首富，12 生肖天天犯太岁，天天都是爱爸爸妈妈爱孩子日，天天都是各路神明佛爷的寿诞日。别老转了，爱你们爸妈爱你的宝宝不是转条微信就成的，90%父母没微信，80% 的宝宝还都不识字，还是用实际行动吧。

小侄女，你赢了

我是农村的，过年回家的时候，去了伯伯家，伯伯要喂猪，我那小侄女说，爷爷我饿了。伯伯说，我喂完猪就给你做饭。侄女说，是猪重要，还是我重要？我伯伯说，我这儿马上就好。侄女华丽地来了句，猪能管你叫爷爷吗？好吧，小侄女，你赢了。

致单身者们

别担心，当你的单身状态持续到身边所有人都看不下去的时候，定会有人站出来“为民除害”。——致单身者们

老婆拿到了驾照

一直希望老婆拿到驾照，这样我喝酒可以有人开车。千方百计让老婆学了之后，我突然发现，我又回到了骑摩托车上班的时代了！

没事别聊QQ了

本人爱玩ＬＯＬ和ＣＦ！天天玩游戏冷落了老婆！老婆一生气把我游戏全卸了！每天上网我就无聊得不知道干吗了，然后就通过“可能认识的人”，加了七八个小学、初中的同学！结果，有三个通知我下个月结婚的！我就把这事跟老婆说了！老婆就默默地把游戏给我装上了，并告诉我：以后无聊就玩玩游戏！没事别聊ＱＱ了！

不要乱说话啊

在空间发了一张儿子睡觉的相片，一女性好友回复：你孩子睡觉的样子像你。被老婆看到！！！现在还在冷战……

你知道得太多了

终于知道为什么男人在染色体上比女生弱小，依然强壮有力成为种族的主导。因为上帝忌惮女人的力量，所以给她们设定了一个每月持续掉血的系统，导致HP(生命)值常年不满，打怪的钱都去用来买药买零食，导致装备和经验跟不上。

二货顾客

姑娘我开服装店的，隔壁开了一玩具店，养了一只泰迪叫糖豆，呆萌呆萌的，那天来一顾客，糖豆在地上玩，顾客是有多二啊，指着糖豆问我，这是真的假的？我说假的，就在隔壁买的，装上电池就满地跑。于是，那货真去玩具店问了。

啥猴这么猛

刚才在网上看英雄联盟比赛视频解说是俩男的，一到团战的时候就嗷嗷喊的那种。大约看了二十分钟，我爸激动地过来了问我：你看啥呢，动物世界吗？快给我看看，我刚才听解说员说猴子单杀了鳄鱼？我看看是啥猴这么猛。

谁堆的雪人？

记得上初中的时候，下了一场大雪，路边有堆好的雪人，我一时性起，骑着自行车就撞上去了，结果人飞出去了。我是不会告诉你雪人里有个大垃圾桶的。真疼啊！

大家都笑抽了

今天上班，与一单身同事聊天，我问："昨晚咋过的？"同事回答："昨晚与一人进行了肌肤接触，我身上的每一寸肌肤都被他碰过。"然后旁边一同事说道："是澡堂子的搓澡师傅吗？"话刚落音，大家都笑抽了。

我来付钱吧

连续几次吃饭都是朋友掏钱买单，让我特别不好意思，所以当今天吃完饭他再一次无奈地要掏出钱包时，我急忙制止了他，说道：“你真的别管了，这次让哥们儿来吧！”他很满意地点了点头，我便迅速从他的兜里掏出钱包递给了服务员。

我们分手吧

前几天，我一大早准备了上千个小纸条，上面都写上“我们分手吧！”，然后跑向各大超市，不放过任何一盒巧克力，全部塞进去。晚上，我应该可以在家狂摇微信，找各种美眉安慰她们了。对的就是这样，不要问我是谁，请叫我红领巾！

这是谁?

老婆翻我手机，发现一张漂亮女人的照片，问：“这是谁？你是不是在外面有女人？”“呵呵”，我笑着说，“这是你卸妆前的照片！”

乖，别闹了

闺密俩吃饭，然后打赌，输了的人要对第一个进餐厅的人来一段苦情戏。女一输了，之后没过一会儿，门口进来一男一女。女一冲上去就是痛哭流涕地抓着男生领子吼道：“你这个没良心的东西！亏我还对你那么好，跟我爸妈

翻脸义无反顾和你在一起，你却和她勾肩搭背，背叛我。你还是不是人啊！”一直持续了数分钟后，男的突然摸着女一的头开口说：“乖，别闹了，这是咱妈。”之后，一段新的感情开始了……

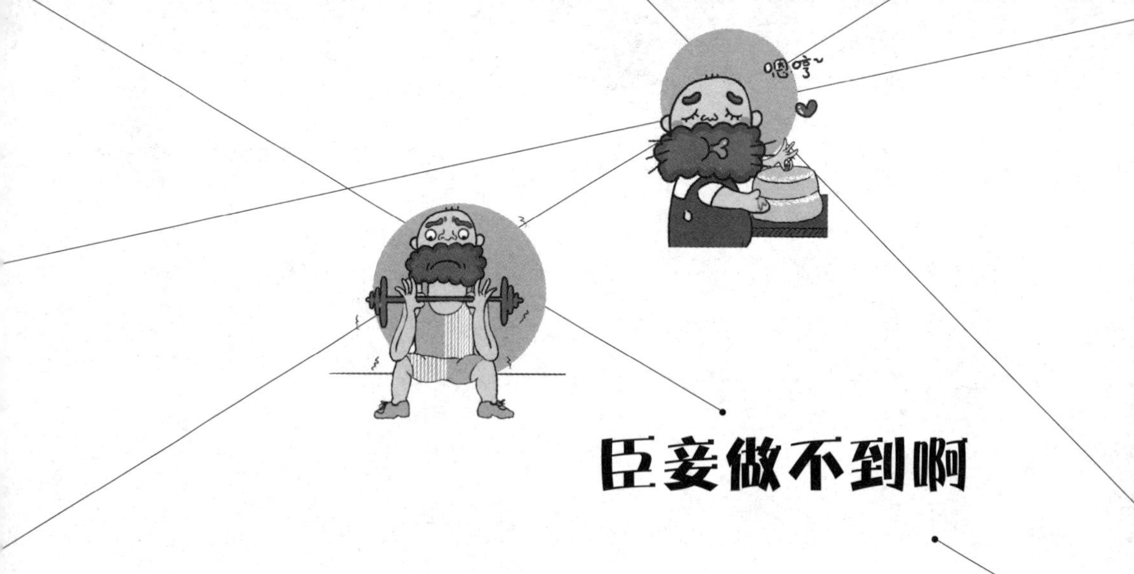

臣妾做不到啊

梦到捡拾了很多钱

男子很神秘地问：“大夫，这几天我老是梦到捡拾了很多钱。”医生连忙问：“你捡拾的是人民币还是欧元？”男子说：“我又没占为己有，不知道。”医生说：“你做了一个拾金不昧的梦，值得表扬。”

孩子别说实话

姐姐家两个小孩，大的 5 岁，小的 6 个月。姐让我照看他俩一小会儿。小家伙哭个不停，我抱起来给她唱歌，刚唱两句，她吐奶了，我措手不及，让大的那个打电话叫她妈妈快点回来，就说妹妹吐奶了。谁知她打通电话说：“妈妈快回来，小姨唱歌把妹妹唱吐了。”

节日感悟

情人节刚刚过去，马上就要迎来了悲催的妇女节。意思就是情人节他把你变成了妇女……妇女节后是愚人节，就是你变成妇女后发现自己被骗了……愚人节后是劳动节，就是发现自己被骗的时候已经晚了，只能给他当牛做马……劳动节后是儿童节……妈呀！还要给他生孩子！

时间能改变一个人

我相信时间真的能改变一个人，就像你以前很丑，后来越来越丑……

还真有点费解

这么多年了总有件事儿不明白，为什么小明一听就是小朋友，小张、小王之类的一听就像大人呢，费解……

选美标准

甲：你知道唐朝的选美标准吗？

乙：知道。

甲：能否具体说一下？

乙：女子以胖为美，要不杨贵肥怎么会是四大美人之一。男的是以白为美，谁越白谁就越美，谁就越有名。

甲：真的吗？

乙：那当然了，要不李白为什么那么有名呢？

意气风发地走了

在大街上看到一女司机，目测30岁上下，妆很浓，开个别克牛得不得了，本来就是下班高峰期，人多，狂按喇叭，爆粗口，这时候前面骑电驴的小男生转至少妇面前，注视良久，默默对她说了一句："你长得真丑。"然后……意气风发地走了……走了。

开挖掘机的

两个女人刚认识，这一会儿正聊天。甲：你老公做什么工作啊？乙：他在考古队，主要做一些古墓的挖掘工作。甲：这么巧啊，我老公也是做挖掘工作的！乙：你老公是……甲：开挖掘机的！

都说我长得像妹子

本人男，别人都说我长得像妹子，直到有一次去上厕所，里面就我一个人，洗手的时候一哥们儿走进来了，看到了我，果断回头进了女厕所（我们穿的工作服，男女都一样的）……

恍然大悟

一中学生问老师：食物链中"羊吃草，狼吃羊"，可不可以认为狼吃草呢？

老师回答：食物链“狗吃屎，人吃狗肉”，能不能认为人吃屎呢？听完老师的回答学生恍然大悟：我明白了。

大家有没有同感？

家里只有电视的时候都抢遥控，有电脑之后又抢键盘，抢输抢赢也好，至少热闹，自从有了 Wi-Fi 了之后，电视生锈了，电脑不抢了，一个沙发，一个床上，啥都不管，各玩各的手机，家里应该说是清静了？还是冷清了？

最难过的

难过的不是你用不起苹果，而是你用得起苹果的时候，别人拿你的苹果来第一句话是：你这是不是山寨的啊？

老妈的太极拳

我 60 多岁的老妈，刚从农村搬到城里来一个月。听说，最近小区里要选 50 名老年人，代表我们小区参加老年太极拳团体表演大赛，老妈为此踊跃地去参加了本小区的海选。回来后，见她十分高兴，我问道：“妈，你肯定是选上了？”老妈说道：“没有！”我觉得很奇怪，继续问：“那您怎么还挺高兴啊？”老妈笑着说：“虽然没有海选上，但评委那个年轻人很是夸奖了我一番！”我问：“他怎么夸的您？”老妈说：“评委说了：大妈，您这秧歌扭得太专业了！”

就知道你买不起

今天去超市，带着 8 岁的侄子，他看上一袋辣条，我本着健康的角度，说这个不好吃。谁知道他雷了我一句，说：“好吧，这个就不要了，我知道你买不起！”

我做得对吗?

今天去网吧玩，刚充上钱，正准备找台机子呢，突然看见我身边一个美女慌忙地点下机，可是没点完便急匆匆地走了。本着助人为乐的精神，我坐下用她的机子，发现她 QQ 还在上着，便打开她 QQ，发现她和一个备注“男神”的聊天记录：我在家，等你。我果断发了句：老娘陪男友睡觉了，滚吧。

不劳驾了

财神节那天，我和二货兄弟通宵守着寺庙等着烧头香，没想到我们十一点半去的时候财神殿已经满了，没办法只好去拜拜其他大神，拜一位菩萨的时候发现妇女特多，后来仔细一看，是送子观音，我那朋友忙喊：“菩萨，时候未到不劳驾您老人家出马了，快让我女朋友来那个吧，都迟了半个月了。”

没脸见人了

今天骑电动车回家，路上看到一对母女，那个女儿长得超可爱，当时一脑热，对那小美女吹了一下口哨，那小女孩居然飞出一句：“妈妈，那个叔叔

调戏我。”

这是电话簿还是生死簿啊?

爷爷电话号码本坏了，让我重抄一份，当我看到电话号码本的一刻，我凌乱了……张二毛子，大柱子，麻子他爹，二小子，大胖子，而且，爷爷的字迹很乱，我看不清，于是我问：爷爷，这人大名叫啥？爷爷说：这个不用写。我问为啥，爷爷说：死了。在接下来的时间里，我问了好多个，陆续地听到“死了”“死了”……

好尴尬

有一天很无聊，给一女性朋友打电话，问她在干吗？她说家里来客人啦，在吃饭。我心想，人家家里有客人那一会儿再打吧！结果说了一句：“那你接客吧！我不打扰你啦！”事后才感觉好尴尬！

我就长得那么像男人吗?

我在玩跳绳，旁边一个小女孩走过来对我说：“叔叔，你的绳子能不能借我玩玩？”叔叔？我顿时脸色一沉！小女孩很聪明，立刻改口说：“哥哥，绳子能借我玩玩吗？”我崩溃了！我就长得那么像男人吗？！

你老爸的肾哪

今天去西双版纳看大象表演，工作人员说只要是水果都能喂大象，结果一熊孩子从他老爸包里掏出“爱疯”扔过去，还喊着：“大象，吃苹果！”他老爸脸都绿了，孩子，你老爸的肾哪！！

这是真的吗？

一日在KFC吃饭，一个聋哑人模样的人走到了我面前，指指手里的本子，上面写着：捐十元为残疾人奉献您的爱心。我想都没想同样用手语打出：“这是真的吗？”那人转身就走了……

垃圾桶与畚斗

垃圾桶与畚斗待在一起，没多久，畚斗被主人带走了。畚斗回到垃圾桶旁，倒了一堆垃圾到垃圾桶。垃圾桶说：“你去陪主人吃喝了，回来就吐得我一塌糊涂。”畚斗说：“我不去磨破嘴皮子，难道你能在这家生存下去？”

写论文

又到了准备毕业论文的时节，听说一博士熬夜写论文，写着写着睡着了，而且还时不时碰到了退格键，快写好的论文就这样一点一点被删掉了！

奶奶走得太慢了

老奶奶疼爱孙子，每天都送孙子上学。今天，孙子到学校时迟到了，老师问他："为什么迟到了？"他说："我奶奶走得太慢了。"

你却年年有余

小华与朋友说："我难受死了，鼻子喷嚏打不出，喉咙有痰吐不出，便秘有屎拉不出。"朋友说："感觉如何？"小华说："真着急！"朋友安慰他："我是入不敷出，你是只进不出，我月月光，你却年年有余。"

使出猛招

小时候看一电视剧，男女吵架特别凶的时候，男把女按墙上强吻一通，女生就安静了，事情就解决了。没过几天，我在班上和一女同学吵架，想起这一猛招，于是……不光女同桌安静了，全班都安静了，然后，老师让我叫家长。从此以后全校女生都怕我……

动物之间有话说

猫对虎说：哥们儿，身子这么大，转基因的吧？

鸭对鸡说：我是鸭你是鸡，咱俩天生一对，你就从了我吧！

鸟对天使说：鸟都跟人好上了？你爸妈是谁？

狗对藏獒说：嘿，兄弟，吃屎吗？

蚂蚁对大象说：想跟我抢媳妇，你回家再练两年！

鸵鸟对企鹅说：同是天涯沦落鸟，咱们比翼双走吧！

螃蟹对狐狸说：你啊，还得借老虎的威风，兄弟我到哪儿都能横着走。

棒打鸳鸯

爸爸把家里仅有的一只公鸡和一只母鸡杀了，并把它们的肉混在一起煮，为了让味道更鲜美，爸爸又在肉里加了几根香肠。把肉端上桌后，妈妈打趣地问道："给这菜取个什么名字呢？"孩子想了想说道："就叫棒打鸳鸯吧。"

薪夜被盗

小偷知时节，当天刚发薪。随窗潜入户，盗物细无声！

青蛙吃饱了

一天，一城里人来到乡下考察，到达时太晚了，他就在乡里过夜。第二天早上起来，招待他的乡里人问他睡得怎样，城里人想了想，说道："你们这儿的稻田里昆虫很多吧？""咦，你怎么知道？""能不知道吗，昨晚那么多青蛙，吃饱了都打着嗝呢！"

雨下大了

一天半夜让下雨声闹醒，感到有点尿急，就起来解决，心想有雨声遮掩应该吵不到别人，就在墙角小解起来，突然，隔壁冒出一句：靠，雨下大了。

啊，多么痛的领悟

女生常说："男人没有一个是好东西。"所以，当一个你喜欢的女生对你说"你是个好人"时，你和她基本就没戏了，因为你在她心目中已经退出了男人的行列，从而你和她就失去了进一步发展的可能。只有当一个女生对你说"你这个死鬼"时，你才有戏。

就像导盲犬

一对男女在交谈，男："你就像导盲犬一样。"

女："讨厌，人家哪有那么可爱！"

男："我是说，瞎了眼的人才会要你。"

你想得美

抢匪："快把保险箱密码说出来！不说就杀了你！"女职员："不说！杀了我也不说！你就是糟蹋了我我也不说！！"抢匪上下打量了一番女职员后，骂道："你想得美！

广告看多了！

小明爸爸匆忙赶到班主任办公室："老师你急着叫我来，孩子犯什么错

了？”女老师把小明作业本往桌上一砸：“我让他用‘不要……不要……’来造句，你看看他都写的都是什么玩意儿！”老爸拿起作业本，上面写着：“不要瘙痒，不要异味，不要白带异常！”

最大的作死

你学着舍友赖床，殊不知人家就等着毕业进爸妈公司做高管；你学着朋友矫情，殊不知人家除了感情，其他都不用自己担心了；你学着闺密刷街购物，殊不知人家有个拼命赚钱供她花的男友。在需要埋头种地的时候，误入了别人家的果园，就以为自己已经收获整个秋天，这才是最大的作死。

船还没靠岸呢

一位老兄因要赶着搭船，所以用最快的速度开车赶到码头。当他开到码头时，见到船已经离开岸边了，他把车门一锁，立刻以跑百米的速度跳上船，整个动作一气呵成，没有任何停顿。他的举动吓坏了全船的人。船长很奇怪地说：“先生……船还没靠岸呢……”

解决对象

听说公司帮解决对象我才来这儿这上班的，可我都上三个月班了，为什么我对象还活着?

一句令人忧伤的话

看到一句令人忧伤的话：我已经过了餐桌上有只鸡就一定能吃到鸡腿的年纪。

要不要这么犀利

我的体形属于逛街买得起的衣服都很丑，看得上的衣服都买不起，想买的衣服付款前都很好看，付款买回家穿上就变很丑的类型。

说好了不准变奥特曼

前两天，看俩小孩在打架，有一小孩明显快输了，然后那小孩突然大叫一声："变，奥特曼！"然后另外一小孩一边跑一边回头骂："妈的，说好了不准变奥特曼的！"

人的潜能

一妹子在微信朋友圈发表文字：人的潜能是有选择的。比如给我 80 斤的砖头，我背不动。但如果给我 80 斤的人民币，我一定背得动。妹子啊，你把相对论理解得太透彻了。我默默点上赞，写上评论：抢银行的时候，一定叫上你。

我做得对吗？

我家附近最近开了家赌场，晚上半夜都还吵吵闹闹，实在睡不着，我就心生一计，用警报声吓吓他们，……那声音刚响，那伙赌鬼马上逃离，第二天晚上他们又回来了，还是吵得不能入睡，我又按了一下警报，……没用，被发现了。第三天晚上，警报声响了，那伙人全被带走了，是我报的警，大伙说我做得对吗？

他和她

六年前结婚的时候，他什么像样的首饰都没给她买，为了婚礼现场更完整，他在小店里买了个 30 块钱的银戒指套在了她的无名指上，而她也从未抱怨，昨天回家他悄悄地把她拉到身边给他一玫金戒指，说：“我想补给你。”她笑着说：“我不要那个，干活不得劲，还不如送我个高压锅。”

不能瞎教熊孩子

是哪个混蛋把“生死之交”给我儿子解释为奸尸，现在老师喊我去学校一下，我该怎么办？

放开那个女孩吧

进入新郎新娘接吻环节，新郎兴致大发吻了很长时间都没停，司仪实在等不下去了，就来了一句：“好了好了，新郎，放开那个女孩吧！”

妻与妾

员外纳妾，与妻妾约定：晚餐喝红酒与妾住，喝白酒与妻住。第一晚员外说：刚买一瓶红酒，我想尝尝；第二夜又说：昨晚的红酒不错，今晚再喝一点；第三晚员外说：红酒有利于健康，我还是喝红酒。其妻大怒：天天喝红酒，难道留着白酒招待客人？

从此失眠

有一个老人，留着一把花白的大胡子。有一天，邻家小孩问他，你这么长的胡子，晚上睡觉的时候，是把它放在被子里面还是外面呢？从此以后老人开始失眠了……

真有鬼啊

男孩和女孩相爱了，可是好景不长，男孩出车祸死了，女孩决定走遍世界所有闹鬼的地方，可是女孩走了10年，她连一只鬼都没见到过，这时女孩绝望地说：是我无缘再见到你，还是你不想见我啊？这时女孩身后传来男孩幽幽的声音：你以为你都是咋从那些地方走出来的啊？

想想都是泪

小时候喜欢吃干桂圆，奶奶不许，就说只有头晕的人才能吃桂圆，不然

会变笨，于是我每次偷吃之前都会原地转十圈把自己转晕了，现在想想都是泪啊！

不许对答案

小红穿着火辣的低胸装，忽然听见有人在小声议论："我觉得是B。""不能够，肯定是A。"小红怒了，走过去唾口大骂："考试的时候不许对答案！"

大师，我做梦瘦了 18 斤

1. 感谢近年来台湾媒体的过度使用，“正妹”二字的意义已经大幅贬值，只剩下“五官长在正确位置的妹”了啊！

2. 这两天被一个牌子的面膜刷屏，谁说面膜没用？能动动脑子吗？！几十块钱一张面膜能让女生保持半个小时不说话还能觉得时间过得有意义，你能做到？！

3. “大师我做梦瘦了 18 斤。”

“梦和现实是反的。”

“所以我会胖 18 斤？”

“不，你会胖 81 斤。”

4. 提前放年假，今天回家快到镇上了打老爸电话。我：“爸，我回来了，马上到镇上了，来接我啊。”爸：“两个人回来的还是三个啊？”我：“就我一个啊。”爸：“反正走路也只要个把小时，锻炼锻炼身体吧，挂了……”

5. 做孩子最失败的，就是既厌恶父母设计的人生，又怕走错路辜负了父

母的期望。

6. 脸书上关注了一对情侣，原本常发恩爱照，可前几天突然宣告分手，还互相拉黑了。今晚女生发了条状态："今天在路上碰到了前男友，用眼神骂了他一句 fuck you 。"没多会儿，那男生也发了条状态："今天在路上碰到了前女友，还用眼神骂我一句 fuck you！"你俩这么默契干吗要分啊真是的！

7. 斯蒂芬·霍金有了一个新的令人费解的黑洞理论："灰洞"理论。这个怪异又深奥的科学理论再次给了霍金带来了荣誉。他说："黑黑洞挥发会发灰，灰黑洞发挥会发黑。"

8. "我的心理医生告诉我，既强迫自己又强迫他人的叫强迫症，只强迫自己不强迫他人的叫偏执症。"

"那不强迫自己只强迫他人的呢？"

"揍一顿就好了。"

9. 说起最美好的时光，我想起高中时某个放学后的下午，我和当时男朋友站在教室走廊聊天，楼下操场上我喜欢的男生正在打篮球，身后教室里喜欢我的男生正在替我值日，夕阳慢慢落下，而我们的未来一望无际。

10. 刚才在健身房，一哥们儿问健身教练："如果想要吸引漂亮姑娘，我需要使用哪种机器？"教练回了一句："外边的提款机！"

11. 曾有个朋友是某偶像的死忠脑残粉。他说："她博客每天都会发自己吃了什么的照片，然后我就会去吃一样的食物。"我问他，你这是为了和偶像在吃的方面同步吗？他回我："人体内的细胞代谢会在三个月内全部替换一轮，如果我在这三个月内一直吃跟她一样的食物，理论上最后我会变成跟她完全一样的存在。"……吓尿。

12. 人和人境界的差别真大啊！ Flappy Bird 这款游戏火了之后，它的作者 Dong Nguyen 今天在 Twitter 里宣布他将于周日删掉此款游戏，他表示这

种生活真的不是他想要的，因为这个游戏太火导致自己的人生受到了影响，每天睡醒就是5万多美金的广告收入，目前还在不停地增多，自己生活的节奏都被改变了，他恨这个游戏。

13. 情人节就要到了，再次提醒傻姑娘们不要花钱给不喜欢你的男孩子，例如连你是谁都不太记得的男神学长，永远回短信只有“哦”“嗯”“啊”“我去打游戏了”的暗恋男生。他们要么拿去送给别人，要么给打球的兄弟分了。有这个钱拿去给爸妈花、自己花，情人节的礼物是绝对换不来他开始喜欢你的，只会变成他们朋友圈的笑话。

14. 情人节到了，重复一句哥的经验：表白不是进攻前的冲锋号，而是胜利后的号角。谨记。

15. 今天和老爸一起吃了一个带有伤疤的橙子，很甜。我问老爸：“怎么越丑的橙子越好吃啊？”老爸一本正经地回答说：“它知道自己难看，所以长的时候就很认真，不然就会被其他橙子瞧不起！”我无语，突然就想到了“人丑就该多读书”。

16. 如何确定在没有遭遇网络银行的钓鱼网站？根本登录不上、提示信息看不懂、不停弹报错信息、导航栏三十多个条目、点进去以后还有十几个条目的附导航。这必须是真的银行网站。

17. 通往瘦子的路上很孤独，还好沿途有很多馆子。

18. 有个游戏我最近玩上瘾了，推荐给大伙儿：在拥挤的地铁上掏出手机，屏幕微微倾斜向身旁的陌生小哥或大叔，输入文字——“千万别转过头来，更别出声。请用余光默读。我们已经被包围了。对方至少有八个人。是我的错，我不应该把你卷进来。下一站我会引开他们，你瞅准时机脱身。机会只有5秒。祝好运。”

19. 如果我给你看我手机里的照片，然后你开始向左或向右滑，我可能会

捅死你个小婊子……给你看啥你就老实看啥！别手贱自己加戏嗷！……要知道，直接把手机递给你看照片而不是拿在手中让你看，是一种很特别的信任。

20. 窦娥到了刑场，对监斩官言道：“大人，我实在是冤枉，我死之后，天会降大雪给我鸣冤。”监斩官笑道：“胡扯，这六月里哪有雪？好吧，倘若真下了雪，便算你冤枉。”窦娥笑了一下说：“大人一言既出驷马难追哦……炸鸡和啤酒！”

21. 巨蟹失恋了，双鱼安慰到一半自己哭了起来，摩羯在一边叹气递纸巾。水瓶要帮巨蟹再找一个，天秤让他别添乱。处女列出了一百条分手不亏的理由，金牛点点头说幸好礼物还没送。射手提议出去唱 K 发泄，双子骂骂咧咧道这事不能这么算了，狮子正准备打电话召集小弟替朋友报仇时，天蝎已经拿着此人的户口本回来了。

22. 老师说：“你长大要做社会精英。”“什么是精英？”同学问。老师回答：“就是把所有人聚集在一起，过滤筛选，过滤筛选，过滤筛选后剩下的。”这时，突然有位同学问：“那不是人渣吗？”

23.2013 年全国小朋友最关注的问题：爸爸去哪儿了？终于在 2014 年初找到了答案：东莞！

24. 我想问你一个问题……爱过……老板，能不能多给 100 块小费？

26. “我这一辈子最大的缺点就是没事就喜欢黑人。不然嘴痒。”神回复：“我觉得黄种人也挺好呀。”

25. 一个美国人上厕所忘带手纸，通过手机 Facebook 求救！十分钟后 20 多位好心人送来手纸！一个中国人上厕所忘带手纸，通过微信朋友圈求助，十分钟后，得到了 50 多个“赞”。

26. 朋友说，国产电影一定要到电影院看才有感觉！掏钱看完之后我才知道，原来是心疼的感觉。

27. 贴吧里看到关于借卫生巾的各种暗号：土司、小飞机、面包、创可贴、那个、炸药包、血不湿、妹纸、抗洪英雄、牛肉面、止血灵、雪弗兰、大长巾、汪东城……

28. 看了个美剧叫《邪恶力量》，说的是秘鲁有一种吸血鬼，他们不吸人血，而是以人的脂肪为生，他们用自己的这种天赋开了一家瘦身中心，偷偷吸走客人的脂肪，有时候也会把多余脂肪存起来做成罐头，在没有生意的时候维系生存，然后吸血鬼还都长得很帅！啊啊啊啊！好想认识他们啊！

29. 舅妈穿个貂去表叔那儿拜年，打牌时把大衣放沙发。屋里人多还有一大狗，狂得很。凌晨，主人端出元宵招待，舅妈发现大衣不见了，结果狗笼面前一截毛袖子成了脚垫，貂在笼子里被尿泡着，拎出来变滴水燕尾服。舅妈直接扑狗身上开始撕咬，舅舅跟表叔对翻旧账，天花板上好多汤圆。现在医生在缝舅妈，舅妈在缝貂。

30. 大多数情况下，一场完满的饭局需要一个事业不顺、婚姻不幸、孩子不听话、身心不康健、在座的都认识而恰又不在场的朋友！

31. 小时抓周的时候，我在一堆笔啊什么的里面，左手抓了一杆铅笔，右手抓了一杆钢笔，可把我那盼我成为文化人的父母乐坏了。直到许多年以后，他们才明白，那是二笔的意思！

32. 一个人的时候就算拿着手机，为什么还开着电视？只是想热闹点。

33. 精神病院里，一个精神病人每天都在一个空鱼缸里钓鱼，一天，一个护士开玩笑地问："你今天钓了几条鱼啊？"精神病人突然跳起来叫道："你脑子有毛病啊，没看见是空鱼缸吗？"

34. 肯德基订餐网站上不是有个填姓名的格吗？我不知道你们怎么样，反正我瞎填了了个奥特曼。结果给我打电话的时候，那个外卖小哥憋了三秒才问：您是奥先生吗，您订的肯德基到了。

35. 有一次我那二货同桌不想上课，找老师请假：老师，我奶奶今天过世了！然后泪就往下掉。老师幽幽地回了句：你奶奶刚刚来过办公室嘱咐我，该打你时就别手软。

36. 大年三十晚上，老爸说房间要留个小灯不能关，我想那还怎么睡啊？！第二天老爸问我怎么没留个灯呢？我说：我留了呀，手机的信号灯闪了一晚上呢………

37. 高中物理老师发试卷："注意啦，试卷有 A 卷 B 卷，领漏了的赶紧说啊。"一女同学大声答道："老师我没有 B。"全班同学瞬间石化，而后轰然大笑。

38. 为了不让高中生早恋，老师已经没有节操了。我高中有个老师一边关门一边对同学说：关上门了啊，我们就是一家人，你们要是谈恋爱那就是乱、伦！

39. 有个男孩向朋友抱怨说家人都不关心自己，朋友忙提醒他说：去年你发高烧你们全家人不是都围在你床边一整天吗？男孩摇头说到：别提了，那天我家的取暖器坏了，他们是围着我取暖呢！

40. 有一女性朋友，特爱吃火锅！假期自驾游带她来重庆吃火锅，大家都快吃饱的时候，她说去厕所，我尾随而去。后来看见她吐得一塌糊涂，她没喝酒啊！她边吐边抬头说：吐完了再吃……吃……

爆笑！十二生肖也有女人缘

鼠：女人见明星会尖叫，见到我也会尖叫，所以是我最受欢迎！

牛：大家都喜欢牛人，炒股又喜欢牛市，所以我最受欢迎！

虎：一山不容二虎，除非一公和一母，由此可见我的专一，谁不喜欢专一的！

兔：女人都喜欢抱我，连仙子嫦娥都不例外，所以还是我最受欢迎！

龙：女人喜欢隆胸，隆胸，龙兄，说的不就是我！

蛇：女人都希望有水蛇腰，你看我多受欢迎！

马：女人都虚荣，喜欢听马屁哩！连我的屁都喜欢，可见我有多么受欢迎！

羊：你们看喜羊羊多受欢迎啊！

猴：女人都喜欢孙悟空，他不就是一猴吗！

鸡：我都成她们某种职业的代名词了，还不受欢迎吗？！

狗：女人养宠物，最多的是什么？当然是狗！

猪：女人形容自己男友时，总是说“猪头”，由此可见我的魅力！

传说中最好笑的冷笑话问答

1. 我的头像牛逼吗？“像！”

2. 一天，绿豆跟女朋友分手了。他很难过，于是他不停地哭呀哭呀，哭呀哭呀……结果……发芽了。

3. 你知道 Levis 最讨厌哪个明星吗？黑客帝国的男主：激怒李维斯。

4. 你知道哪个国家对富豪最有益吗？波兰，因为波澜壮阔。

5. 你知道上天涯的人最喜欢喝什么？雪花啤酒。见央视广告：雪花啤酒，勇闯天涯！

6. 你知道哪个和一切人类活动以及整个大自然都有联系吗？那个人就是西西。因为一切人类活动和整个大自然都是息息相关的。

7. 你知道为什么王老吉那么有钱吗？因为王老先生有块地啊！咿呀咿呀哟。你知道为什么王老他要去传达室吗？因为王老先生有快递啊！咿呀咿呀哟。

8. 某清晨，以严厉著称的某长官问晨练小兵：“你冷吗？”小兵答：“不冷！”长官恼：“那你颤颤什么？”小兵答：“冻的！”

9. 小红问：你搅拌咖啡的时候用右手还是左手？小美说：右手！小红说：哦，你好厉害哦，都不会怕烫，像我都用汤匙的。

10 小蛇很慌张地问大蛇哥哥：“哥哥，我们有没有毒？”大蛇说：“你问这干吗？”小蛇说：“我刚才不小心把自己舌头咬到了。”

11. 有一天大葡萄和小葡萄走在路上，大葡萄突然对小葡萄说：“你可以背我吗？”小葡萄说：“好呀！”结果小葡萄就被压死了。

12. 妻子举着一本新的时装杂志对丈夫说：“今年在你们男人中将时兴穿无纽扣衬衫。”丈夫：“是吗？这种时髦衬衫我已经穿了十五年了。”

13. 妻子：“亲爱的，你看，我的体重又减掉了两公斤。”丈夫：“是吗？你可是刚起床，你还没有画妆呢。”

14. 刚吃完晚饭，看到老婆在那儿躺着，凑过去亲了她脸一下，老婆：亲啥，擦嘴没？我：刚……擦过了。

精辟！小时候和长大后的区别

1. 小时候叫调皮，长大后叫犯贱。

2. 小时候叫萌，长大后叫装嫩。

3. 小时候叫帅，长大后叫装B。

4. 小时候怎么哄都不睡，长大后：就让我死在床上吧！！！

5. 小时候梦想方便面什么时候能天天吃啊，长大后终于实现了。

6. 小时候积极举手回答问题是聪明伶俐，上大学还坐第一排听课抢答就成了哗众取宠。

7. 小时候在学校哭鼻子会有一圈同学来安慰；工作后在单位伤心就成了演技很棒。

8. 小时候与小伙伴打成一片是人缘好，长大了还不老实站队就成了左右逢源墙头草。

9. 小时候当同学们进入梦乡，老师还在批改作业。（感动啊）长大了，当老师们进入梦乡，同学还没写完作业。

10. 小时候以为念书很有用，长大后才知道用不着。

11. 小时候我得背着爸爸抽烟，长大了又得背着儿子抽烟。

12. 小时候想用心装下整个世界，长大以后才发现心变小了，小到只装得下自己。

13. 小时候不爱钱，长大后除了钱什么都不爱。

14. 小时候以为学习会有前途，长大才知道，关系才是出路。

15. 小时候快乐是一件简单的事，长大后简单是一件快乐的事。

16. 小时候，衣服很容易弄脏，长大后衣服很干净，可人却脏了。

17. 小时候总在幻想长大后，而长大后却总想回到小时候。

遗产不分，作为基金

1. 我姥姥特别疼我，开学第一天在我口袋里塞了一把酸枣。也没人告诉我上小学不能上课吃东西，然后老师讲课，我无聊就吃。老师拿着课本走到我身边也不看我，把手伸我面前。我没明白么意思，就把枣核吐老师手里了……然后就光荣地去罚站了……

2. 昨天隔壁老头的追悼会开了，会上宣读了老头的遗言：遗产不分，作为基金，每年取出利息，在墓前每年家人团聚一次，祭拜之后进行抽奖。

3. 今天小侄子在学校打架，老师请家长，大哥大嫂都不在就托我去了，回来的路上我劈头盖脸把小侄子骂了一顿：小兔崽子，有个那么漂亮的班主任还藏着掖着，早知道应该着装打扮下，明天再打一架，叔请你吃小当家，保证不告诉你爸妈。

4. 单位有个快 60 岁的就要退休的叔，是个大烟鬼，经常看他躲在洗手间当老烟枪。但聚会的时候，一看到他老伴过去，他立刻掐烟。问他是不是怕老婆，答：“我从来不在喜欢的女生面前抽烟。”

5. 刚才去门口买豆腐脑，老板找我三个硬币，我不小心掉进老板盛豆腐脑的桶里了，老板淡定地说："别说话，这次不要你钱！"我凌乱了……

6. 突然发现，像我们这种上有长辈，下有小辈，单身未婚的大孩子过年回家，就是要上得了厅堂，下得了厨房，走得了亲戚，见得了同学，经得起表扬，受得了压力，查得了作业，修得了玩具，收得了房间，整得好电器……我感觉我就是个万能版的变形金刚………

7. 有一次在沃尔玛，我跟老婆走散了。明明有手机可以联系，我却偏偏去广播找人。内容如下，×× 小朋友，你的爸爸在广播处等你，请联系工作人员带你走过来。五分钟后我很欢乐地看到一脸黑线的老婆缓缓走来。

8. 高中班主任上课无意间提到名字的含义，说道：每个人名字都有意义的！比如我的名字"永生"，永恒的生命，意思是顽强的生命力。后排传来一句：永世不得超生！然后，就没有然后了……

9. 老妇收拾阁楼，找到一盏油灯，她的猫躺在身旁。一个妖怪从灯里跳了出来，说可以满足她三个愿望。老妇："钱，青春，把猫变成英俊王子。"烟雾过后她变得年轻貌美，周围是财宝，猫没了，一个王子搂着她。她在王子的怀抱中，幸福地快融化掉了。王子在她耳边温柔细语："你当初阉了我，现在后悔了吗？"

10. 从小跟堂弟很铁，有一次他一定要请我去他家吃他的炒方便面。他在厨房煮好面准备开炒，问我："哥，你要不要放辣椒的？"此时他老妈忽然出现，手拿一张"面值"47 分的试卷怒发冲冠地冲厨房来，劈头盖脸一顿打，边打边骂，边骂边打，那个惨啊。他老妈打完走了，老弟也哭成了泪人，但还一边抽泣一边继续问我："哥，你刚才说要不要放辣椒的？"我……

11. 三位"高富帅"比谁有钱，一个说："我经常开宝马和我爸飙车。"另一个说："我家佣人全是菲佣。"最后一个说："每次足球比赛，我都赌中国

队赢。”另外两个无奈地说：“好吧，你有钱。”

12. 那天在公路旁边等车，看到两帮人吵架，A 帮有 8 个人，B 帮只有 3 个，气氛相当紧张，一场大战，一触即发。正在这时，一老头骑车摔倒在旁边，只见 B 帮里面一个人走过去把老人扶了起来。A 帮里面一人说道：“大哥，我们还不出手？”只见那大哥甩手就是一巴掌，骂道：“他敢扶老人，你敢吗？我敢吗？咱惹不起，都跟我回去！”

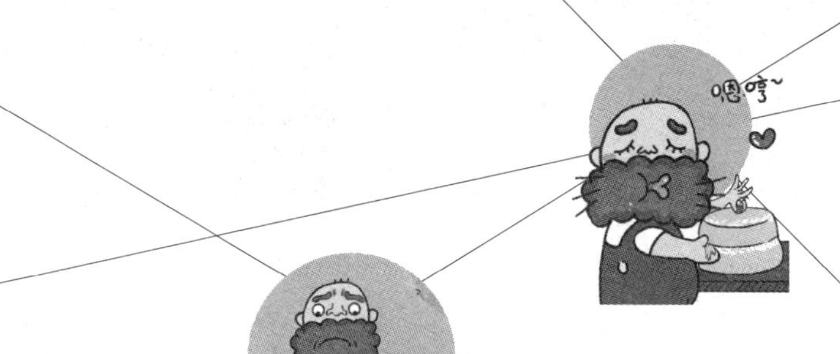

姑娘，你不按套路出牌啊！

高大上的说法

同学聚会，最牛的是李二蛋！他骄傲地说：“我就在五百强大企业，单位给配车，主要管客户后期销售工作……”强哥实在看不下去了，赶紧问：“李二蛋，说重点！什么单位？”“我在肯德基送外卖！”

你不按套路出牌啊

在公交车上，妹子：您坐我这里吧。

老人：不用不用，我一会儿就到了，你坐吧。

妹子：嗯，那好吧。

老人：小姑娘，你不按套路出牌啊！

他不会成功的

一个哥们儿在抱怨她老婆太狠毒！这哥们儿决心戒烟，老婆小瞧他说他不会成功，于是打赌一个手机加一个 iPad。然后他老婆为了赌注，每天在他枕头边放两包中华让他一醒来就看到……

这是谁家的熊孩子

新学期开学点名，班上有个同学叫覃奀垚（qín ēnyáo）。老师看到花名册点名时都快哭了，一个字都不认识啊！最后含着泪问了句：谁家的熊孩子叫，西早不大三个土…………

你毛衣穿反了

“最近老感觉有一种无形的力量掐住我的脖子，背后还老有凉风，是不是遇到……”“哥，你毛衣穿反了。”“哦，谢谢。”

你说我容易嘛

楼上的那位帅哥，我每天天不亮就起床站在大门口等你下来跟在你后面晨跑，你还不明白吗？当我左手拿着手机右手戴着手表问你几点，你能不能除了说出时间起码告诉下我你的名字？我把衣服扔到你家阳台，上去敲门要拿回的时候你还不知道我喜欢你吗？见过谁二楼衣服掉到三楼的啊！

从后面看，还不够倾国倾城

今天主任穿着一身好行头，同事们都夸他帅，这货悠悠地说：“从后面看，还不够倾国倾城，从前面看，简直就是忧国忧民啊！”忧国忧民……

女朋友离开了我

我有一个朋友住院了，买了一些水果去看望他，见到他躺在病床上放声痛哭，并说：“我女朋友离开了我，我今后可怎么过啊！”不对啊？他没有女友啊？难道脑袋摔坏了？我心情沉重地来到主治医师的办公室，问：“我朋友现在是什么情况？”医生说：“右手粉碎性骨折。”

施主，你不要投井啊

施主，不管你为什么伤心，别哭了。你看你掌纹，一年后有至亲亡故，三年后家有失火之虞。就算有人指点躲得过这场火，五年后那场滔天大难，你们全家肯定跑不了。所以说你为眼前这点小事哭，值得吗？站起来嘛，向前看。这就对了，到那边井口去洗把脸……哎不要投井啊！施主！

老板，你是多实在啊

室友过生日，我们给她订蛋糕，老板问刻什么字，我们说啥都行，凸显20岁生日就可以，结果吃饭的时候打开盖子，上面赫然六个大字“凸显二十岁生日”老板，你是有多实在啊……

亲爸啊！

第一次带男朋友回家，在饭桌上男朋友和爸妈把我夸得各种好，等男朋友走了，我爸兴高采烈地说，等过阵子他就知道什么是飞来的横祸。亲爸啊！

活该单身

“姑娘，你是不是喜欢高高帅帅、有幽默感、有房有车有事业、成熟稳重、时而温柔时而不正经、还爱你爱得死去活来的男人啊。”“嗯，是啊！”“活该单身！”

男人的浪漫

跟女友吵架，她骂我：“你有神经病！”我觉得男人应该浪漫一点，于是含情脉脉地对她说：“我有你啊。”

梯子倒了

儿子：“妈妈，我刚刚把花园里的梯子碰倒了。”

妈妈：“把这件事去跟父亲说一下。”

儿子：“他知道，他现在正抓着天窗，吊在墙上呢。”

孩子，你真机智

小明第一天上幼儿园，放学回来的时候对爸爸说：“爸爸，老师今天说，以前养一只小鸡至少要半年才能长成，现在四十多天就能吃了，这是为什么呀？”爸爸想了想，然后说道：“那有啥的，我和你妈在一起七个月就有你了，别人都是十月怀胎，儿子你说为什么呢？”“叔叔，我不知道。”

我真的有那么丑吗？！

今天从未见过面的网上女友说想要知道我长什么样子。于是我把我们寝室六人的合影发给了她，并自豪地对她说：里面最帅的那个人就是我。结果她猜到第六遍才猜对……

这是几个意思？

他喜欢我们班女生，让我帮他传纸条表达爱意，传了一年那个女生没反应，我见证了他的痴情，所以后来他追我时我没多想就答应了。

抽纸

刚看完电视的报道说抽纸 200 抽实际只有 194，我脑子一抽，把手伸向了边上刚买的 3 包 200 抽的抽纸，数到第三包终于发现少了一张，现在我妈在边上看着我一张张叠回去，都骂了一个小时了。

不能浪费

年前相亲，一个星期定婚了，现在在一起，我问男朋友为啥看上我？当时上火痘长得多，他说我就想着家里有去痘膏不能浪费，给你涂涂。

看什么看

刚大学毕业，有一交往快 8 年的男友，天很冷，我把热水袋放肚子里取暖，晚饭后我妈就一直偷偷看我肚子，表情很惊讶，然后我就严肃地说："看什么看，没见过怀孕啊！"我妈下巴快掉时我掏出了热水袋，她松了口大气。

这样下去会秃的

高中有一同学他老爸是个化学老师，同时也是个肌肉男，对他管教比较严厉。有一次，他爸出门前在电脑鼠标上放了根头发，他不知道，偷偷玩了电脑，他爸回来发现头发不见了，就把他打了一顿。第二次，他学聪明了，玩之前看了一下有没有头发，玩了之后自己拔了一根放在鼠标上，结果他爸回来后又打了他一顿，原来他爸放了两根头发。

想起一则广告

老家农村，过年回家，然后有一天早上我和弟弟一起在院子里刷牙。我弟弟在那儿干咳不停，突然想起了一则广告，我看着他说："儿子，是不是咳不上来又咽不下去？"还没等他说话，我老爸就在后面朝我屁股狠狠两脚。

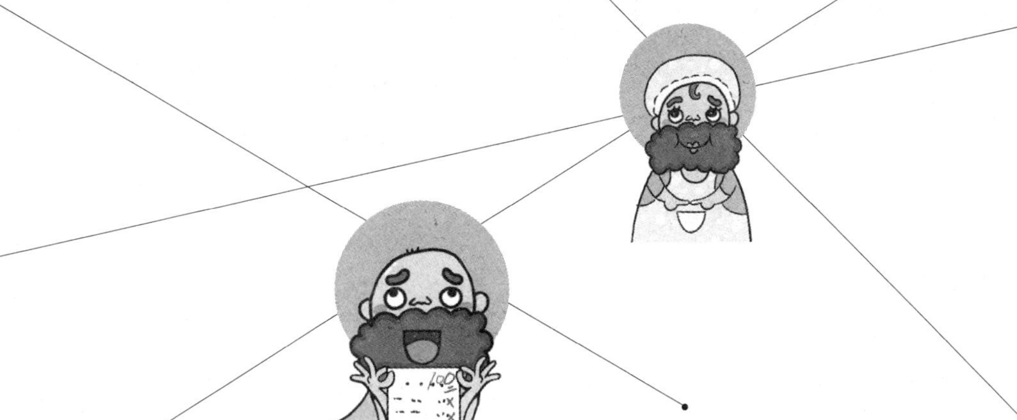

让人哭笑不得的故事

吃芥末

两个人吃饭，看见桌子上有一盘芥末，都不认识。甲舀了一勺吃了，当即泪如雨下。乙看见就问他：“你怎么？”甲说：“没什么，我想我爹了。他一辈子都没吃过这么好的东西。”乙也舀了一勺吃，当即就泪如雨下。甲见状问乙：“你怎么也哭了？”乙答：“我也想你爹了，他怎么生了你这么个王八蛋！”

阎罗王

牛头：阎王自从学了英语回来后便大秀一番。

马面：就是嘛！还把地狱按楼层命名为Ｂ１到Ｂ１８。

可以交流

一对夫妻到英国旅游，入住一间古老的大宅。住下后，他们才知道，这是间有名的鬼屋。但房钱已付，他们决定暂住一夜。半夜，楼下果然传来了异声。妻子对丈夫说："你到楼下看看好吗？"丈夫回答："不太好吧，你英语比我好，还是你去看看吧。"

女生洗澡的时候

某日深夜，在一栋女生宿舍里，一个女生正在洗澡。突然一阵冷风，一个女鬼从浴室的另一边飘了过来，飘到那个女生的背后。女鬼拍拍她的肩膀。

女鬼：小姐，你看！我没有脸哦！

女生：那有什么了不起？

女鬼：你这话什么意思！

女生很淡定地回头跟那个女鬼说：你看，我没有胸哦！

来，把手给我

大学最后一个学期，我跟班上一个男同学在实验室做毕业设计。该同学是典型的技术男，技术很强，人品超好，就是比较木讷，基本不跟女生说话。一天，我写论文写到夜里 12 点才想起来回宿舍。我走到楼梯口，发现早已熄灯了。楼道里漆黑一片，静得要死，那叫一个恐怖！没法子，我只能回实验室。见该男同学还在埋头论文中，遂叫他陪我下去，他很爽快地答应了。等走到伸手不见五指的楼梯口，他很仗义地对我说："来，把手给我！"当时我那叫一

个感动啊，多么热心的好同学，多么绅士的好男人啊！莫非我未来的老公就是他？于是我伸出那双温润的小手……他抓住我的手，然后轻轻地放到楼梯扶手上说：“别害怕，你自己扶着这个走下去就可以啦。”

自作多情

我住的楼对面是另外一栋住宅楼。昨天早上，我在阳台上看风景，见对面楼里一个漂亮的女孩隔着窗户拿着一条手绢在跟我挥手，我也跟她挥手。然后，她跑到另外一个窗口再跟我挥手，我也跟她再挥。后来她又走了，到第三个窗口跟我再挥手的时候，我才反应过来，原来她在擦窗户。

（全书完）

本书部分文章，无法与作者取得联系，尚请谅解，相关事宜，请与编辑联系。(liuzheng@booky.com.cn)

图书在版编目（CIP）数据

笑一笑，星星也会为你闪耀 / 钱兜兜编选．—北京：中国言实出版社，2015.9

ISBN 978-7-5171-1498-7

Ⅰ．①笑… Ⅱ．①钱… Ⅲ．①笑话—作品集—中国 Ⅳ．① I277.8

中国版本图书馆 CIP 数据核字（2015）第 198648 号

责任编辑： 张振华

出版发行 中国言实出版社
地　址：北京市朝阳区北苑路 180 号加利大厦 5 号楼 105 室
邮　编：100101
编辑部：北京市西城区百万庄大街甲 16 号五层
邮　编：100037
电　话：64924853（总编室）64924716（发行部）
网　址：www.zgyscbs.cn
E-mail：zgyscbs@263.net

经　　销 新华书店
印　　刷 北京市兆成印刷有限责任公司
版　　次 2015 年 9 月第 1 版　　2015 年 9 月第 1 次印刷
规　　格 787 毫米 ×1092 毫米　1/16　20 印张
字　　数 190 千字
定　　价 25.00 元　ISBN 978-7-5171-1498-7